お空の雲になる

又木義人
MATAKI YOSHITO

幻冬舎 MC

お空の雲になる

目次

他人の空似　65

お空の雲になる

第一章　異次元の愛の形

①既知の如く

『お父上は、お空の雲になればいい…』との言葉を発した幼児の名前は、「直道（なおみち）」になる。父親との別れを名残惜しむ様子はなく、邪気なく父親を見つめる無垢な息子は　―父をお空の雲―　と例えた。この表現は、既に父親の将来を察知していて、それがいくら悪い事であっても、家族内では黙って理解し受容しようとする覚悟を映し出している。

②復讐の果て

父の名は「佐久田真治郎（しんじろう）」で、その血脈は代々の小規模の豪族になり関ケ原の戦いで東軍に加勢し功績を挙げた佐久田家の家督を継ぎ、その後、徳川の領地となった駿府藩（すんぷ：静岡県）の藩主徳川忠長（ただなが）に侍従することとなる。幼少時より忠長は病弱であった兄・家光よりも容姿端麗・才気煥発で、何と言っても大伯父である織田信長に態様が似ている。

真治郎は、「駿河大納言」と呼ばれている類稀なる才覚の持ち主忠長の寵愛を受け、忠長専属の籠引き（籠に通した棒を担いで乗る者を運ぶ）をしていた。

当時の成人男子の平均身長が百五十五センチと低かった中で、その背丈は百八十五センチ。加えて俊敏な運動神経の持ち主で披露する剣術は周囲を驚かせ、下級職ではあるが籠引き衆の頭領として格別の羨望を浴びる。

そんな順風の中、元々将軍職の継承争いをしていた家光の攻勢を受け、有ろうことか忠長は自害させられた。真治郎は敬愛する殿様を失う。忠誠心に富む真治郎は徳川本家を恨み、仲間と反逆を企て駿府藩の家老の元に集結したが、周囲の大名達の軍勢に伏し厳罰を受け獄門生活を送ることになる。

実は投獄される前、すでに真治郎は所帯持ちであった。真治郎十六歳、妻は五つ上の「純菜（じゅんな）」になり、婚姻後間もなくして純菜は懐妊する。牢獄で男子出産の知らせを受けた真治郎は、「直道と名付けよ」と秘密裏に書簡を送った。

書簡と言ってもヨレヨレの和紙に木炭で文字が書されており、その端々はかすれて消えかけている。たった五行の内容ではあるが、苦労を掛けている妻への心遣いが重ねられていた。純菜は泣き崩れた。

さらに、その行間からは不屈の精神が感じ取られ、行く末は見通せないが己を律して変化を待つことを約束してくれている。抱いている乳飲み子は最愛の旦那様を彷彿させ、一層愛おしく感じられ頬を寄せた。

③最愛の旦那

三年以上の歳月が経過し、幼児直道は四歳の誕生日を迎えようとしていた。

江戸時代の町民による教育施設となる寺小屋に通い出すのは大体が八歳位からとされていたが、直道の場合は三年と十カ月足らずで通学を始めている。

そこでの初等学習になる読み書き・ソロバンの教科は無論の事、その学力はオランダ語習得にも及ぼうとし、算術に至っては寺小屋の塾長を唸らせ、藩の算術者達が束になって作った課題にも、いとも簡単に答えを導き出す。また平面に描かれた地球地図を二等辺三角形に描き分け、球形に編まれた竹網に貼り付け地球儀にしたりもする。

そんな異彩を放つ直道であるが、その母親である純菜は十五歳からの八年間を医療および児童教育に服していた経歴を持つ。更に系譜を辿れば、日本医学の開祖「北里家」に至る。この血筋は将来、直道に受け継がれる。

ところが近親直系ともなると純菜の祖父「岩次郎」は、気性の荒い人夫を集めて土木工事を引き受ける親分気質の人間であった。人夫達はいざ工事となるとその腕を振るうが、その大半は賭博や女遊びにも一生懸命になる。そんなヤクザ連中を、岩次郎は寛容に接し寝食に困窮せぬよう大部屋に住まわせ面倒を見てやっていた。

しかし駿府で名を馳せていた時期は、そう長くは続かない。その一人息子であり純菜の父になる「純一郎」は、子分達が引き起こした甲州地方のヤクザとの些細な喧嘩から発展して行くことになる任侠戦争の中で命を落とした。

跡取りを失った岩次郎は、なんと純菜を人夫連中を従える女帝の地位に就かせようと構想する。そんな人心をいとわない任侠の狭義の世界から飛び出した純菜は十五歳の時にキリスト教会に逃げ込んだ。その当日に起こった過失による火事の中、多数の信徒の手当に奔走している純菜を見かけた宣教師に医療への才能を見出され、病んでいる者を介護し、困窮している者の生活支援もする赤十字隊長になった。多才な純菜は教会に通う児童達への教育にも熱心になり、教会での初等教育長にも任命される。

そんな最中に出会ったのが同じ駿府出身の真治郎になる。自分はヤクザの家系で相手は籠引き衆の頭領。共に堅気の職種ではないことで通じ合うものがあり、その馴れ初めから婚姻まで時間を要しなかった。

一方、岩次郎が息絶えヤクザ稼業は没落していった。何よりも純菜が強烈に追い込まれたのは、家光による徹底した教会・布教の廃絶と隠れキリシタン断罪になる。教会の後ろ盾を失った純菜であった。

それに加えて、復讐の名のもとに一瞬の迷いなく目前の大敵に挑んだ真治郎が、出産間近の妻を突き離した矢は大き過ぎた罪になる。だが、その矢を受けた純菜は「そんなことができるのは夫・真治郎だけである」と慢心に浸ることができている。これが、自分が感じ得る最高の「愛」と確信した。

愛は相手から享受するものではなく、自分に向けられた苦難から創出するものになる。青春期を宗教に捧げ、愛を掴んだ女の辿り着いた官能の世界になるのか。

涙積の中、投獄監禁から四年の歳月が経過し家光が他界。その厳格な主従制度から解放され自由の身となった真治郎は監獄の孤島から妻子の元に帰されることになる。

そして、ついにその日がやって来た。やつれ細った真治郎が町民に出迎えられ、いたわられながら、こちらに向かって歩いて来ている。

④一人ぼっち

真治郎は町民による帰還祝いを一切断った。その夜の食事は軒を連ねる隣の家族との会席料理になる。そのお膳は実に質素なもので鯛も刺身もなく、多めの具材が入ったバラ寿司に汁物、香の物等の付け合わせ程度であった。

隣人は夫を亡くした女「お市」と一人息子の「銀次」の二人だけ。亡くなった夫「金太郎」は、真治郎が頭領であった駕籠かき衆の一人で、獄中生活を伴にしていたが出獄まであとわずかの一カ月前に肺結核で病死した。病死と言えば個人の問題に思えるが、この場合の病死は予防も治療も無視した非社会的な人災になる。真治郎は未亡人となったお市に金太郎の最期の様子を伝え、謀反に勧誘した自分を蔑み謝罪し涙した。

金太郎は息絶える時に、ハッキリと「銀次を頼む…」と言い遺した口から血を吐きながら去っていった。だが、真治郎は、この遺言は金太郎家族に告げなかった。自分では銀次を見識のある徳に優れた人物に育ててあげることは不可能であるからだ。元より金太郎は、そんなことは望んでいなかった。「銀次と一緒にいてくれ」という簡明な懇願であった。

銀次は直道の六歳上になり、直道は銀次のことを本当の兄のように慕って、人前では「銀兄さん」・二人の時は「銀ちゃん」と呼んでいる。

やや内向的で人に向かって自己顕示をすることが苦手な直道を、銀次は「なお！」と元気付けるように呼び、秀でた学力を人前で褒め称えてくれる。

又、純菜は、我が子のように銀次のヤンチャぶりを本気で叱ったり、時にはそのたくましさに拍手喝采を送る。

そんな幸せな人の世には、無念なこと・良くないことが起きてしまう。

気抜けしボンヤリとするお市の様子が心配だ。そんなお市を事細やかに支えてきた純菜は真夏日の午後、町内会の祭りの打ち合わせに、お市を一人残して出向いていた。時間は大きくズレ込み日暮れを迎え夕立の雨に打たれながら慌てて家に戻り隣をうかがったが、銀次がポツンと一人きりで、当の純菜と一緒に出かけていると思っていた母を待っている。

町中全員による捜索が夜通しおこなわれたが見つからない。夜明け早くに、昨日の雨で水嵩を増している河川のほとりの高く茂っている水草の中で、その死体は発見された。きっと人の気配がなくなった夕立の橋梁から身を投げ流されて来たのであろう。

身寄りのない銀次は、わずか十歳で天涯孤独となった。おのずと引き取り手となった真治郎と純菜は言葉を発しなくなった銀次の回復に時間を掛けて見守ることにした。

直道も「なお！」と威勢よく呼んでくれなくなった兄をねぎらい寝床を並べた二人部屋で自分には無い兄貴の体力を褒め称えると、兄は頬をほんのり緩め微かに笑いながら、その寝返りを弟の方に向け寝入ってくれるようになった。

銀次には父・金太郎から授かった高い身体能力の遺伝子が備わっていることは明らかで、子供にしてはシッカリした筋骨としなやかな柔軟性を持ち合わせている。

加えて、他人を懐柔させ仲間に引き込んでしまう影響力があるようで、それが垣間見えることが、将来の本人や周囲の者達の運命までをも決めてしまうのでは……と危惧されるほどであった。

銀次は駕籠かきの金太郎の生き様が好きで、その頭領である隣のオジサン・真治郎に憧れを抱いていた。それが今や無縁のオジサンではなく、家族関係を結び同志扱いをしようとしてくれている。

数カ月も経過せず、直治郎に師事し、時間を伴に過ごし共通の空気感を味わうようになっていった。

第二章　駕籠屋の行き先

⑤ガレオン船

江戸の庶民の間に富士信仰が広まり、「富士講」が一大ブームとなった。富士講とは、お金を出し合った仲間を富士登山に向かわせるグループになるが、肝心の登山ではかなりの体力を要する。

その手助けには、急変する天候への対応力と苦境に屈しない持久力を兼ね備えた強靭な山岳案内人が必要とされていた。駕籠かきの腕を買われ雇われた真治郎は、そこでも職人衆の頭として力を発揮した。

銀次もお客の荷物の運搬を手助けする。その評判はうなぎ登りでお駄賃を与えてくれる。銀次は、そのお金で真治郎宅に置かれた金太郎とお市の小さな仏壇の手入れ、お盆には墓参りのお供えをした。

純菜の誕生日には、べっ甲と銀が織り交ざった綺麗なカンザシをプレゼントしたりもする。純菜は、そんな心がけの銀次を抱き寄せる。抱かれた銀次は実の母親からは得られなくなった母性愛を強く感じる。

お祭りの日には、ちょっとした―カブキ者―の容姿に変身して出店の通りを徘徊する様は祭り客の注目を浴びる。連れ立っている直道も兄がカブキ者を演じて小躍りするのを誇らしげに見上げ歩調を合わせた。

夏の祭りが終わった直後に、たて続けに襲来した大型の台風によって難破したオランダ船が伊豆半島の西海岸に漂着しているとの情報が瞬く間に駿府の民衆にも伝播して来た。

江戸からの登山客から、その漂着事件を聞いた真治郎は急いで下山し、仲間に「山の修験者から、海坊主になってくる」と豪語し、純菜と直道には「ガレオン船（西洋式の大型帆船）がどんなものか、調べてくる」とうそぶき、ナント！　銀次と一緒に旅立った二人は、翌朝には難破船を目の当たりにする。

鎖国政策に踏み切った幕府に寄り添うかたちで事件は秘密裏にされ、海岸に面する下落合村の庶民による救助活動・衣食住の提供などが、よそ者に知られないように隠されておこなわれている。

その村落の名主（なぬし：村の自治を司る）は宿を営んでおり、偶然にして、その宿屋を真治郎は駕籠かき時代に集団で利用していた。

これに乗じて真治郎と銀次の二人は、その一室に無料で宿泊できることになった。名主にしてみれば、突然の真治郎達の訪問となったが、どうせ外国人に掛かっている宿泊・飲食費等は後付けで藩を介して幕府に請求できるので、その中に真治郎達の費用も盛り込むつもりだ。

真治郎達を除いて宿泊者全員がオランダ人になる。宿一番の部屋にいるのは、千六百年に豊後（ぶんご：現大分県域）の海岸に漂着したオランダ船リーフデ号の航海士「ヤン・ヨーステン」（日本名「耶楊子」やようす：居住していた場所は現東京駅八重洲の語源になっている）で、幕府の指示により救助された乗組員を視察に来ている。

実は意外にも真治郎と銀次はオランダ語の簡単な単語くらいは話すことができる。なぜかというと、純菜は入信していた教会でオランダ語を学んだことがあり、鬼才とも言える直道は医学の蘭学書をかじり始めていた。そんな環境の中で家に置いてあるお絵描き付きのオランダ単語集を爆笑しながら読みかじっていた程度の二人ではあったが、度胸任せにヤン・ヨースンに会談を申し出た。

幸いにして日本人妻を持つヤン・ヨーステンが持つ日本語の語彙力は真治郎と銀次の二人より勝っている。面喰らった真治郎は改めて日本語に注意しながら話を進めた。ヤン・ヨーステンは、これまでに会ったことのない変わった日本人にキュートさを感じ興味を持ち始めている。

そこでの話は、特に西洋人に対して引っ込み思案な幕府のお偉いさん達には到底およびの付かないものになった。真治郎は自分の経歴を明かし、それを活かせる国はどこで、何をすれば、どんな成果が得られるのかを教授してもらい、そのために必要な具体策を練り、お互いに利益を享受しようというのだ。

この契約に、元駕籠かきの頭領は人生の全てをかけていた。

その謀略は自分一人でやり遂げる。今回、敢えて銀次を連れてきたのは、離れて暮らすことになる新たなスタートラインを見せておきたかったからで、これ以上は立ち入らせるつもりはない。

⑥別離の覚悟

とうとう、その日がやって来てしまいました。ヤン・ヨーステンから「朱印船」を用意したことと、その出航日の連絡が入って来たのです。

その夜、真治郎は別れの思いを家族に率直に語った。それが今できることの全てであった。

話は富士講の登山仕事のおかげもあり体力は投獄以前に回復していて、富士山に代わる最後の舞台を見つけたこと。その舞台は海外になり大規模な日本人町がある、国民生活レベルが向上し始めているシャム（タイ王国）になること。戦国時代に培われた実践力のある日本人傭兵が重宝がられ、その武士道精神を発揮すればシャム国内権勢の上位者になる可能性が十分にあること。等々の自分にかける決意になる。

一五九二年にオランダがシャムの首都アユタヤに使節を送り通商許可を取得し輸出入に関して大きな影響力を持ったことで、シャムは東洋一の貿易額を保持することになり繁栄していた。そんな富んだ経済基盤を周辺国は見過ごす訳がない。

そこに日本人勢力が目立って増えて行くのは、十六世紀後半から十七世紀初頭に掛けてである。特に徳川による天下統一が成し遂げられ戦が無くなったため、失業していた浪人の多くが傭兵の形で雇われ、触手を伸ばそうとする国々に対する戦闘要員となった。

日本人の需要が求められている中、優れた剣術を持つ真治郎は一念発起し朱印船で長崎から台湾を経てシャムに渡ることにする。「朱印船」とは日本の朱印状（海外渡航許可証）を得て海外交易を行った船を言い、必ず長崎から出港し帰港するのも長崎であった。

真治郎はシャムで力を発揮し気が晴れる日が来たら、家族の元に帰らなければならない。それまでは現地で金品が入り次第、順次送付するので銀次の将来と直道の勉学費用に惜しみなく使うことを妻・純菜に依頼し、必ず帰還することを誓った。

さて、シャムのことはあくまで情報で現状はどうなのか？　また、世界は同じように時を刻み、刻一刻と変貌を遂げている。先の見通しを立てることは人の勝手で都合良くできるが、そうなった試しはない。

そのことは、過去の経験から十分に承知している真治郎であった。

第三章　神をも砕く放蕩

⑦非凡な土地

長崎は良質な港湾であることから海外との貿易が盛んで鎖国時代には、ここ長崎「出島」を中心に日本で唯一の交易がおこなわれていた。

読者の大半の方は、長崎は九州西端に位置し原爆が投下された所という程度の存在であろう。

世界的視野から言えば、遡ること十五世紀から十七世紀の間にポルトガル・スペインが、アフリカ・アメリカ大陸に向かう大航海時代の幕を上げ、アジアの日本には偏西風に乗って渡ってくるのに絶好の立地であった長崎が日本の開港地としての役割を担う。

それを証明するのに、「当時のヨーロッパの地図」では長崎を中心に日本が描かれている。

更に話を進めると長崎の地形の奇怪ぶりには驚かされる。

海と織り成す複雑な海岸線と多くの島々を含む長崎の地図には、聞いたことのある地名が点在しているが人の視覚力ではその場所を脳裏に記憶できない。つまり、長崎は即席で得ようとする認識の範囲には収まり切れない。

その最北には大韓民国に対し日本国領であることを主張する「壱岐の島」「対馬」を県内域としている。日本の中で、もっとも多くの島の数を保有するのは長崎県であり、その数は日本全数六八五二島のうち九七一島でダントツの島数一位になる（第66回日本統計年鑑平成29（２０１７）年）。代表的な島は平戸に「九十九島（くじゅうく島）」、西海には「五島列島」と言われ、「数」を強調している。

すっかり、「岩窟の要塞」のようなイメージを与えているが、ここに生誕する人の営みは至って平穏で荒ぶる者は歴史上いない。要塞とは真逆で、交流に慣れている人の心は国の先陣に立ち海外からの貴重な文化を豊富に摂取し、それを日本にとって有益なものに独自変化させ、日本人の生命力を保たせる血脈の発源地であった。

しかし、その自然と人間の和の折り合いが一定の刻みを打ち、日々の営みを脈々と循環させている平和な人々のけがれ無き純粋さと、そこに課せられる運命の辛辣さとの差は、余りにもかけ離れている。

この先にお伝えする歴史の揺れ・神をも見放す人間の放蕩が織り成す『超魔人によって創造された、この地に隠された物語』にズシリと威圧され抱き込まれる。

⑧浦上天主堂

長崎のカトリック教会「天主堂」の中で特別の異彩を放つ「浦上天主堂」の最寄りのJR駅は浦上駅であり、その駅前に降り立った時、目に入って来る建造物は粘っこい絵の具で塗られたような厚く重い色彩を放つ。視覚的効果になるコントラスト（並列色の違いの差）が強く、その造形色に視力が奪われる。シャープという表現ではなく、独立した色の質が重厚なのだ。

浦上に来たのは今回で二度目になるが、一度目は博多駅発JR長崎本線「特急かもめ」に乗車し佐賀駅で降りる予定であったが出発してすぐに車中で寝込んでしまい、とうに佐賀を通り越し目覚めたのが、この駅だった。佐賀に引き返す便までの待ち時間がたっぷり出来てしまい、駅員に申し出たら、すんなり改札を通してくれ一時的に駅外に出ることができた。前述した官能的魅惑に溺れたのは、偶然に降り立った時の体験になる。

その感覚が忘れられずにと言うよりも、もう少し心理的に強めに言えば、この浦上に惹きつけられ今回は目的地としてやって来た。思った通り、私は今、最初の時と同じ感覚に陥っている。浦上の放つ強い印象に圧倒され、腹の底から発せられる緊迫感が両耳と側頭を引きつらせる。

一八九七年（明治三十年）七月二十二日の駅の開業当時、この浦上駅は「長崎駅」という名であった。

なぜならば、現在の長崎駅一帯は「海」で、長崎駅は浦上山里村字外開（現、浦上駅所在地）に設置された。そういう訳で、九州鉄道長崎線の終着駅として現浦上駅は長崎駅として開業。港湾埋め立て工事を終えた今の長崎駅ができるまでの八年間は長崎市の表玄関の駅でもあった。


繰り返すが、かつては現在の長崎駅はなかった。

今回の訪問で、浦上駅前のコンビニ前にたむろしている十数人の男子高校生に「この駅は長崎駅であった」ことを告げると、皆揃って「違いますよ、もう一駅向こうが長崎駅です」と、現在の長崎駅のある南の方向を指さしながら、旅人の小生に教えてくれる。お互いが言い張っても埒が明かないので止めることにした。

「地元の若者」と「大阪のよそ者」の対峙する二者は、ここで別れたのちに、こちらの言い分を証明できる糧を見つけてやろうと三十分ほどウロチョロ探索した末、やはり頼りになるのは地元のタクシー運転手に限る。これ又、コンビニ前で煙草をのんびり楽しんでいる運転手さんに話しかけると、もの言わず近くの植え込みを指さした。

現在でも浦上駅前広場の一角には、かつて浦上駅が長崎駅であったことを証する「長崎駅址」の石碑が設置されている。その書は、かつて長崎の底引き網みの親方で、みずから被爆経験があり平和活動を世界的におこなった元長崎市長の諸谷義武（もろたによしたけ）氏のものになる。

加えてＪＲ浦上駅前には長崎電気軌道（長崎電鉄）の駅「浦上駅前停留場」があり、市民の足として一九一五年（大正四年）の開業以来、戦火に巻き込まれた時期を除いて、道路に軌道を持つ路面電車が地に張った活躍を続けている。バス・タクシーも頻繁に行き交いしているが、車を運転しない婦人や若者の足となって平坦地の基幹区域を隈なく走っている。

長崎市は山々に囲まれた、すり鉢状の地形で水を集める浦上川は二級河川であるが、長崎湾に至ると海と同化するようにゆったりと横たわり、満潮時にはその表面を「サワサワ」と細かい小波を立てながらタップリの海水を蓄え川上方向にその流れを変える。

この自然を感じて黙っていられなくなり、散歩中の老人に声を掛けると、「まあ、海と言うか、川との境が無いのよ」と納得の答えが返ってきた。

川の両岸に少しの平坦地が広がっているが、その土地を挟む急な勾配の山々の斜面に大半の人は生活している。不便と思えるが、これが自然な生き方とし、ちょうど良いバランスの中で山川海の恩恵を賜わる。

⑨魔界の兵器

一九四五年（昭和二十年）八月九日、原子爆弾を搭載したB-29の機体名称「ボックスカー」の投下の第一目標は小倉、第二に長崎であった。

最初に向かった小倉は雲に隠され地上を目視確認することが投下の条件であったため、諦めて長崎に向かう。しかし、同じく長崎も雲におおわれ晴れ間が見当たらない状況で、小倉での繰り返しの旋回で費やされていた飛行燃料は帰還できるギリギリの量までに減少していた。

そんな事態の中、とうとう十一時〇二分に原子力爆弾の名称「ファットマン」は投下された。目視できていない投下であったため、目標地点を三・四キロも大きく外し、現実の爆心地は浦上天主堂からわずか五百メートルに迫るものになった。原爆投下地点が天主堂に迫ったのは偶然であろうか。

当時、多数の信徒が天主堂に来ていたが、爆圧で崩れてきた瓦礫の下敷きとなり全員の息は途絶えた。

人間の英知の結集であるとされる原子力の開発は、それを使用・管理する領域の大きさを考えていなかった。先進国の発展的生活に恩恵をもたらしたが、そもそも自然現象に逆らった核分裂による臨界を超えた人間による不自然な製造物になる。

自然の理に逆らう力量は人には与えられていない。

第四章　雲になった魔人

⑩野放し猛獣

あらためて、真治郎の新天地での経過を辿る。

シャムの「アユタヤ」は現タイの首都バンコクから車で二時間およそ八十キロ北に位置する古都になりアユタヤ王朝の都として一三五〇年から約四百年間栄えていた。


そこでは戦闘能力の高い日本人集団は傭兵として重用され、真治郎もその一人になる。敏捷性と持久力の両方を兼ね備えている真治郎は、すぐに頭角を現しアユタヤの日本人町のおよそ千五百人を率いる頭領となり、王朝に取り入れられる存在となって行く。

スペイン艦隊の二度に渡る侵攻をいずれも斥けた功績で第二十四代王朝「ソムタイ国王」の信任を得て高官に任ぜられる。あえて日本を離れ己の道を切り開いてきた勇気が実を結んだ瞬間であった。


だが、そんな真治郎に敵愾心を強め立ち向かって来る魔人が現れる。

同時期に宮廷につかえる官吏「シーウォーラウォン」の略歴はと言うと、幼少の頃からソムタイ国王の護衛や雑用役として雇用されていたが、荒くれ者で周りからは避けられていた。

十六歳の時にはその剛腕さを買われグループの長になるが、十八歳の時、豊作を祈る国家の儀式の場で衛兵と喧嘩になり数名を殺傷、投獄される。当然処刑されるはずが、王室内で工作が図られ助命嘆願により出獄している。

実はシーウォーラウウォンの出生は、戦いの英雄であり外交でも多くの功績を築き上げた「白い王」と称される先代の第二十二代王朝「エーカートッサロット国王」の隠し子であったのだ。

その後すぐ、ソムタイ国王の兄弟を殺害する企てが露見し再び投獄される。

そんなものでは懲りないシーウォーラウウォンは悪運強し、またしても恩赦を受け、当時敵対していた隣国のカンボジアに出征し戦功を収め、これまでの罪を許され宮内官となる。

自分の意のままに行動するシーウォーラウウォンは、王弟シーシンの身の回りの世話をしている侍妾（じしょう）を誘惑したとされ死刑宣告を受けるが、やはり血縁者の減刑運動によって死をまぬがれている。

魔人は獄中を「棲み家」とし、出獄のたびに「野に放たれた猛獣」と化す。

一方の真治郎は寵愛を受けていたソムタイ国王の死後、国王の遺言に従い幼少の「チューター親王」を次の王位につかせた。そこに、隠し子で正統な王位継承者ではないシーウォーラウォンは他の官吏たちと企み、幼少の親王を処刑し、王位を略奪する。

続けて、親王と繋がっていた真治郎を左遷した。

復活を誓う真治郎は一六三〇年（シャム来歴十年目）、本職の傭兵に戻った矢先の隣国との戦闘中に脚を負傷し、その傷口に毒入りの膏薬を塗られ、激動の四十年間の幕を閉じる。

この毒殺は、またしてもシーウォーラウォンの指示よるものであった。


だが、ここでシーウォーラウォンらしからぬ動きがあるのに疑問が湧いてくる。間違いなく殺害したい相手に対し確実性に欠ける毒入り膏薬という遠回りの手法を選択している。仮に視点を変えると、シャム国朝きっての指導者・真治郎は未来を切り開く才覚に満ち溢れている。そんな人物を殺害してしまうことは、かえってシャムの損失になりはしないか、ひいてはアユタヤ王国の将来に痛手を課すことになるという考えに至ったに違いない。

でも今は反逆者追放の国内管制を敷いている立場上、真治郎を自由にしておくわけにはいかない。ここは一旦、秘密警察の監視保護下におき、「時が来た時に解放するので世の改革に取り組んではくれないか」と、国王みずからが真治郎に懇願したのだろう。国内的に人気が高く対外交渉力のある人物の指針を得れば、アユタヤ王国は安泰になる。そのように思考したはずだ。

国王は真治郎を生かしているものと推し測ることができる。

日本人町にとっては開拓のシンボル的存在で、結束の拠りどころあった真治郎を失った余波はあまりにも大きかった。同年、「日本人は反乱の可能性がある」とされ、アユタヤ日本人町は焼き打ちに遭い、生き残った百人ほどで困窮生活を送ることになる。


このような事態に陥っているシャムの日本人勢力の情勢を、国内の安定基盤を我が物にしていた当時の徳川幕府が救援していれば、明治時代を待たずして二百四十年以上も前に世界的歴史の銀幕に登場し、近代化の先駆国家群の一角を担っていたことであろう。

日本は折角のチャンスを自ら手放すことがある。もし仮に江戸時代前期に勇猛果敢な先駆者・佐久田真治郎がシャムの日本人町で活躍したように、これに続いて日本人が世界進出をおこなっていれば、つまり鎖国時代がなければ、その後も日本人町は進化発展を遂げ今日において日本語の世界的普及が見られたかも知れない。

それは兎も角、佐久田真治郎の死が真偽不明のままでは、話は終われない。

⑪剣玉の輝き

真治郎は日本で帰りを待ち続ける駿府の家族に向けて、得られた給金と数々に渡る財宝を仲介人ヤン・ヨーステンが裏で換金し、コツコツ送金していた。

それらは主に直道の勉学費に使われ銀次は受け取らなかったのだが、金太郎の命日前に自分宛てに送られてきた一通の「手紙」とそれに添えられている「剣」だけは肌身から外さない。その剣の形状は、柄が銀次にピッタリ合うようにあつらえられている。

投獄直前に金太郎は三つの真珠を銀次に遺していて、それを又、銀次はシャム渡航直前の真治郎にお守りとして渡していた。剣の柄部分に埋め込まれている大・中・小の大きさから順に金太郎・お市・銀次の三人の魂になる。金太郎の真珠は銀次に引き継がれ、それを渡された真治郎が成長している銀次を想像し製作した剣を銀次に贈った。

そして今、銀次郎の真珠は、母を失った悲しみから解き放たれ輝きを発しようとしている。

手紙の内容は、日本人を敵視する理不尽な国王の暴挙に制圧され、窮地に追い込まれた虎が雷鳴響き渡り豪雨降り注ぐ崖に立ち孤高の雄叫びをあげている。

真治郎の虎の魂は銀次に受け継がれた。怨念の炎は燃え盛る。復讐は当たり前だ。そして死を恐れない。

シャムで窮地に追い込まれている真治郎の救出に向かう気概に満ち溢れている。その意思を固めた銀次は、金太郎とお市の墓のある寺で少しばかり値が張った昼食を純菜・直道と共にして剣を寺に奉納した。この剣を携えシャムに乗り込むのも一つであろうが、大玉の黒の真珠の金太郎・それに寄り添う朱色の真珠のお市・そして銀次自身の強く輝く透明の真珠を連結させた真治郎の思いが詰まった剣を、純菜・直道に遺したい一心であった。

銀次の言葉を純菜と直道は泣くことなく黙して聞いた。別れを惜しむことはしない、切ないが抱きつくこともしない、二人には分かっていた、真治郎の次は銀次であることを……。

真治郎がいなくなってからの十年間、この状況を予感し現実になることを夢で繰り返し見てきた二人であった。

銀次は弟・直道を尊敬している。

読み書きを不得手とする銀次が最近になって筆を走らせるようになったのは、直道が上手な手ほどきで「兄さんの思いを文字にしてみましょう」と誘導できたからだ。それは、銀次が無意識に溜め込んでいる純真な心のヒダが揺れ動く様を表現した「文章」に昇華させることになる。

医学の道を歩み出し、宇宙発生の原理研究など多岐に渡る才能を発揮している直道にとって、銀次に対する研究は人間の解明にも値する。銀次の文章は研究の元となり、その変遷を追い続けることで客観的かつ総合的な結論を得る。

導き出された結論は、兄・銀次は真治郎の命を救うためには、魔人・シーウォーラウォンの生贄になることも厭わないとする思いを胸に秘めている。だが、いくら犠牲とはいえ、その行為は許されるものではない。みずからを亡き者とする無益な選択を戒める神をも蔑ろにする人間だけが持つ最期の異常な欲望になる。

⑫圧倒する侍

仲介人ヤン・ヨーステンの二度目になる朱印船の手配を待つなか、銀次はシャムでの反撃の策略を練る。そして純菜が貯めてきてくれた真治郎からの金銭を戦闘資金として使う時が来た。

銀次は先制攻撃をしかけ逃げ切ることにする。

最初に繰り出すパンチで相手にダメージを与える攻略になるが、まずもって乗り込む先は敵で塗り固められていて果たして通用するのか。だがスキはあるはずだ。成否は戦闘能力次第になる。

戦闘力とは英語でControl Power、限られた時間で敵の戦力を弱体化または破壊することができる全ての能力を言う。警戒力（情報収集力）・打撃力（高度な機動力）・突撃力（火力、歩兵力）・そして最も勝敗を左右する統率力（作戦計画力、計画実行力）について触れておく。

指揮官には遭遇戦などの緊急事態においても部隊の機能を維持し続けることが求められる。戦闘という極限状況の中で部隊が攪乱されず組織的な機能を失わせないようにするためには、高度な統率が不可欠である。また意志決定を下す場合でも限られた情報から敵の行動を合理的に予測し、計画的に準備して作戦を実行する指揮統制の能力は戦闘においての決定的な要素になる。

銀次は兵力として、旗本（石高一万未満の幕府の家臣団で警護に備える）の中に、戦国から徳川の平和政権に移行してから暇になって力を持て余す者達が街中にヤクザまがいの格好で徒党を組んでいるのに目を付けた。個々が習得している戦力を集結させれば高い戦闘力が得られる。

彼らは飢えている。飢えているとは、一つには身勝手な生活の影響による困窮状態からの脱出・もう一つには戦いに今一度身を投じて戦果を挙げてみたいという出世欲になる。

指揮統率が直接且つ効果的に及ぶのには優秀な六人が必要となる。選抜された六人には、各自に三百両（小判一枚が一両で現在価値にすると約十三万になるので、三千九百万相当）が前払いされた。


メンバーの一人目の名は、杉重明（しげあき）で、関ケ原の戦いでは若くしてその頭脳を買われ、小早川秀秋軍に侵入、秀秋に具申し東軍への鞍替えを導いた策略家である。

二人目は、加納忠孝（ただたか）で、和算の知識を活かした高度な測量術を駆使し、非常に正確な「絵図」（現代の地図にあたる）を作成できてしまう。鳥瞰的に戦略図を描くことができる闇の測量屋だ。

三人目は、池田長好（ながよし）で、大砲操作能力を認められた砲手のスペシャリストである。千六百年豊後（ぶんご：現大分県域）の海岸に漂着したオランダ船の航海士「ウィリアム・アダムス（三浦按針と名付けられ横須賀に領地を与えられたサムライ）」に、徳川家康が命じて建造させたガレオン船（日本で最初の西洋式大型帆船）では、若年ながら砲撃隊長を任せられた。

四人目、五人目は、由良貞房（さだふさ）と坂田貞吉（さだきち）で、長崎の大名が独自にフィリピン諸島のルソン島に遠征を送り出した先遣隊メンバーとして南アジアへの渡航歴を持つ二人組になる。

六人目は、神尾元勝（もとかつ）で、島原天草でのキリシタン殲滅では最後の一人まで皆殺しにして、天草四郎の首を長崎、出島のポルトガル商館前に晒した残忍な男である。最近では、至近距離での接近戦を制圧する火器を開発している爆弾男になる。

この六人が揃って歩けば、周りの者は辟易し勢いに押され、たじろぎ、道をあけ立ち退く。

以前よりも渡航を厳しく取り締まっている長崎奉行であったが、すでに買収できている役人に見過ごされ朱印船に乗り込み、シャムに上陸できた。

朱印船の中でも真治郎は毒殺されたと聞いたが、その死体は庶民によって神格化される事を懸念した国王が隠し保管しているとも聞いた。死体を確認しないと真偽はハッキリしない。もしかして、生きているのかも……。

シャム上陸を果した各人は、その役割を次々に果たしていく。

一、重明は、攻撃を仕掛けるアユタヤのお祭りの日に日本人に赤痢が蔓延して日本人町には外出禁止の命令が出されたとする偽情報をタイミングよく流し、戦いに日本人が巻き込まれないように計画した。また、宮中の者を取り込み緊急避難時の国王の逃避場所の情報を得た。

二、忠孝は、シャムの詳細地図を作成し、港湾都市であるアユタヤへの船舶侵入航路と夜に人出がない路地裏を使った宮殿への襲撃経路を定めた。宮殿の構図にも抜かりはない。

三、長好は、シャムの株式会社オランダ商会が売却している中古の遠洋漁船を改造し軍艦に仕立て上げ、これに特注の兵器大砲を搭載した。敵および建造物を殺傷破壊する能力を有する命中率の高い「カノン砲」になる。

四、貞房と貞吉は、タイの国技になる格闘技「ムエタイ」（キックボクシングの源流）の試合を観戦して、賭博屋から安価で八百長を強いられる貧困層の出身で政治の現状を変えたいと熱望している若者を選抜し訓練してみると、短期間で期待以上の殺人鬼に変身して行くのには仰天する。強烈な前蹴りをボディに炸裂させ弱ったところに、顔面こめかみにパンチを繰り出すと相手は悶絶し地に平伏す。そして最後に腰に差した短剣で息の根を止める殺人兵器を五人製造した。同じシャム人に面が割れぬよう決戦の日には覆面をさせる。

五、元勝は、アユタヤ宮殿の中に五百人を閉じ込めて焼き殺すつもりだ。独自に開発した点火式発炎瓶で宮殿を死体で埋め尽くそうと計画している。

いよいよ、アユタヤの夏祭りの満潮の日に計画は始動した。

この日は宮殿近くの繁華街に人が集中している。ただし日本人はただの一人も見当たらないのは、重明の日本人町からの外出禁止令による。そして満潮であることで忠孝が調査した入江奥まで軍艦を引き込める。お祭りで港湾の警戒は手薄になっており、街中の賑やかさと明るさが、かえって軍艦を人目に付きにくくしている。

まずは好スタートが切れている。

着岸させるのと同時に、貞房と貞吉は五人の殺戮兵を従え幾度も確認を重ねた夜の経路を走破し始めた。あとを追う元勝は、目標点に投げつけたら瓶が割れ、飛び散る灯油に引火する火炎瓶を脇の下から腹部にかけて三十本ぶら下げている。瓶のフタ代わりに布などを使用し、それに着火するタイプでは灯油が漏れて自傷行為になるので、二種の物質を混合させると化学反応で点火するオリジナルの仕組みだ。

日本人戦闘家三人とシャム人殺戮兵五人の上陸を見送ると、カノン砲の発射作業を銀次・重明・忠孝が分担し、砲手・長好は第一の狙いを宮中本殿に定めて砲撃する。弾は本殿の象徴である飾り屋根を直撃粉砕した。祭りの式典に出席している宮中の連中は腰を抜かす。出入り口になる南門に人が殺到したが式典の運営上閉じられている。やっと開けたら既に到着している殺戮組が待っていて朝飯前のように餌食を定め即死させる。

南門での殺戮行為にまぎれて、元勝は宮殿の敷地内に忍び込み本殿をはじめ全ての建造物に火炎瓶を投じ炎を吹かせた。ただし一番頑丈にできている北門近くの建屋だけは残しておいた。重明が入手していた密告情報によれば北門建屋には地下室があり、緊急時にはシーウォーラウォン国王の逃げ場所になる。今回も実際に、国王と四人の屈強な護衛官が逃げ込んだとの情報も入ってきた。ついに追い込んだ。

その前に派手な演出が残っている。軍艦からの第二の砲弾を、その標的になる花火の打ち上げ場に命中させた。花火玉への延焼により黒い煙が上がり、高く上がらない短命の花が咲き乱れている。

⑬執念の追跡

アユタヤの炎上を見届けた銀次は、軍艦の甲板から七メートル下の船着き場までヒラリと飛び降りた。そして宮殿までの道のりを、一心不乱にペースを変えずに獲物を追う猛々しい豹のように走った。

一番心配している先行隊の安否を確認すると、全員が無事な上に、まだまだ元気が有り余っている凄まじい体力に恐れ入る。だが、ここでシャム国のムエタイ選手との契約は満了し別れた。

元勝は爆発させなかった北門建屋に、銀次・貞房・貞吉の三人を案内した。潜んでいるのであろうシーウォーラウォン国王の避難所になる。壁は分厚く、扉は鋼鉄製のつくりで頑強に造られている。

その扉に、あと十五メートルに近づいた時、銀次は咄嗟に顔面を横に逸らした。扉の隠し窓から矢が飛んで来たのだ。銀次は避けられたが、その後ろ三メートルに付いていた貞房の首に命中した。

全員が平伏し安全を確保している中を、兄弟分の貞吉だけは真っ先に貞房に駆け寄った。最期の呼吸に合わせるように貞房は吐血を繰り返す。言葉を発し得ない口元を貞吉はジッと見つめ、自分に託された遺言を読み取っている。

元勝が投げつけた火炎瓶で扉はメラメラとドス黒く燃え盛る。これで扉の隠し窓を役に立たせなくした。矢の名手は地下に退散したであろう。敵の個人能力が発揮されるとコチラを死に至らしめる危険が有る事をあらためて痛感する。

こじ開けた扉の中は、もぬけの殻で床に地下に通じる階段がある。元勝が火炎瓶を階下に投げ入れると、唸り声が幾度か聞こえて来て暫くすると息絶えたのか静まり返った。

ゆっくりと階段を下るとボロボロの炭カスとなっている焼死体が転がっている。灯油が燃え盛った後なので煙が蔓延していて、奥に進めず時間をかけて地下室の空気を入れ替えることにした。

そこに貞房の最期を見送った貞吉が地下に飛び込んで来たかと思うと、うつ伏せの死体を仰向けに反し、その胸に短剣を突き立てた。死体はうめき声を上げた。死んでいたはずの男は焼け焦げた壁を剥ぎ取り体に纏わりつかせ、虫の息で反撃の機会をうかがっていたのであろう。

敵に命乞いをせず最後まで戦い抜こうとする不屈の精神。油断していた。間違いなく確実に消し去る必要がある。

護衛官の四人（死んだ一人を含む）は、―毒蛇の四天王―と呼ばれていて実際に大蛇の刺青を入れている。

銀次・貞吉・元勝は、そんな危険動物が敵になっていると肝に銘じなければならない。相手は同じ三人になっているはずだ。

地下の奥に見える正面扉は閉じられている。鍵を破壊すると戦闘帽の敵が飛び出して来て西洋式火縄拳銃をぶっ放す。弾は元勝の頬をかすめる。次の二発目を発射させる間際に、銀次の剣が唸りを上げ、切り裂いた戦闘帽の首から白ヘビが無数に湧き出て来た。ヘビの出どころを調べるのに服を脱がせると女と分かり、首の後ろの麻のリュックの口から続出している。きっと飼育していたヘビをリュックに入れ隠して逃げ切ろうとしていたのであろう。背中に刺青を入れた、この体格の良い女が四天王の二人目になる。

今度は地上に上がる梯子階段がある。銀次は「逃げられたか！」と舌打ちをしたが、慌ては相手の思う壺になる。階段を上ると宮殿の外に出た。果たして、どこに潜んでいるのか、すでに遠く離れているのか。

内部密告者からは次の行き先になる情報までは入っていない。

そこに策略家・重明が新情報を仕入れて来て、忠孝作成の鳥瞰図で逃亡者の居場所を指さした。シャム最高峰の山ではあるが千二百メートルそこそこなので、富士山で鍛えられた健脚を持つ銀次にしてみれば、丘のようなものである。

その日までに山の麓の小さな町に辿り着いた。山道の入り口になり駅もある。焦らない、追う方も追われる方も同じ時間を費やしている。また同じように体力も劣り休息が必要となっていて、今のところ両者イーブンである。

町で一軒だけの宿屋があり、極度の緊張から食べ物が喉を通らない状態が続いていた銀次・貞吉は、それを取り返すように腹いっぱいの食事をとった。そして、男達は昏々と寝入り激動に耐えた体を休めた。

長好だけが軍艦に残り、いまは沖合に出て帰還して来る仲間の合図を待っている。


翌朝、新作戦会議が開かれた。

銀次は部屋に入って来た貞吉の様子に異変を感じる。貞房を亡くした失望感ではなく、敵を追い詰めている高揚感で舞い上がっていて復讐の悦楽を堪能できる時を待ち望んでいる不気味な顔つきだ。

作戦はこう決まった。まず、山のルートを調べると正規の登山道から一キロ離れた所にも急傾斜ではあるが短距離で行ける別の道が切り開かれている。

目前の相手は国王と護衛の二名で装備不十分ではあるが、隠れ小屋があるとすれば、そこに補充兵が十分な武装をしている可能性が高い。真正面から立ち向かうことは避けた方がいい。

そこで陽動作戦を仕掛けることにした。

登山道は二通りで安全コースと難関コースに分かれるので、安全コースから攻め込むと思っているだろう。

逆を突いて、宿屋のオヤジが飼っている威勢のいい数頭の犬と一緒に、登山のプロ銀次が林に覆われた難関コースを歩む。視界に入りにくく犬の激しい鳴き声が聞こえて来るので、難関コースから敵の大群がやって来ていると思い即座に安全コースを使って山を下るであろう。

そこが思う壺、安全コースと言えども足を取られる厳しい場所がある。

その箇所を挟むようにせり立っている小高い岩山に、重明と忠孝は左右に分かれて陣取り各二十個ほどの巨石を並べて身構える。これを次々に転落させれば、慌てて逃げ惑う者達は待ち構えている貞吉と元勝の手に掛かる。

もし仮に落石を避けきって山を下る者がいたとしても、難関コースを登り切り安全コースを下り始めている頃になる凶暴な犬と銀次が追っ手となる。


こうして、夏の暑い山の一日が始まった。銀次一行の犬たちは辛い歩みに不満タラタラで鳴きまくってくれている。茂みの中に隠すように建てられた小屋が見え、十人程が出て来て安全コースで下山し始める様子がうかがえる。

そして難所に差し掛かった時、轟音と共に巨石が左右から落ちて来た。直撃を受けた三人はその場で即死する。貞吉と重明は重傷で立ち上がれなくなっている六人にトドメを刺す。

残り一人が転がるように下山を再開する様子を見ていた銀次は、逃げる最後の者に追いつき蹴飛ばしたところを貞吉が殺害した。

しかし、この十人のなかに国王はいない。又しても、やられてしまった。但し、貞吉がやった最後の一人には毒ヘビの刺青があった。四天王の三人目になる。

全員は急いで隠れ小屋に戻って、国王の行き先の手掛かりになりそうなものを探す。小屋の中は、その外観からは想像できない高級な西洋風の造りになっている。

特別列車の発車時間がメモされている紙を見つけた。続けて、この時間までは追跡者を足止めし駅に近づけないよう指示が記され、国王がサインしている。

その発車駅には銀次達が昨晩泊まった宿がある。「畜生、もしかしたら国王は変装して同じ宿に泊まっていたのか」自分と護衛一人だけは登らず楽な宿泊にして特別列車を待つことにしたのだろう。

特別列車の発車時刻は昼前で、今から追いつくには、その時刻を過ぎてしまう。列車は、山に沿うように流れる河川際を通る。危険ではあるが速く走れる難関コースを下れば、間に合って列車に飛び乗れるかもしれないという可能性に賭けた。元勝・重明・忠孝の一行は安全コースで駅に向かい列車を待つことにした。

列車で逃げられたら次のチャンスは遠のく。銀次と貞吉は必死に下山するが、あと少しの所で貞吉が線路の敷石に足を取られ転んだ。骨折に近い痛さだ。銀次は助けようとしたが、列車が迫って来ている。

貞吉は助けを断って「乗れ！」と号令をかけると、銀次は列車の先頭部に飛び込んだ。敷石に伏している貞吉が見え、視界から消えて行った。

さっそく機関室に忍び込み運転士と機関士に平手打ちを喰らわすと気を失った。そうなると自分ひとりで列車をコントロールすることになるが慌てる様子はない。

実は、シャムに入って訓練に明け暮れる中、地形を調査している忠孝に誘われ初めて蒸気機関車を見た。これに憧れ運転士に分厚い札束をチラつかせたら、すんなり招き入れてくれ実際の運転と機関士役までやらせてくれたので、銀次と忠孝は準運行者と言える。

特別列車も機関室は同じになる。蒸気機関車の汽笛を響かせトンネルに入る。ここから少しのさじ加減をして宿のある駅への到着時間を遅らせ、山の安全コースを下っている元勝・重明・忠孝の三人と駅で集結できるようにした。なんせ、特別列車には数十人の軍兵が乗り込んでいる。一人では太刀打ちできない。爆弾男と策略家と運転が代われる測量屋の援軍が必要になる。

宮殿が崩壊し宮中の人間の多くが死傷したことで大混乱に陥っているアユタヤでは、国王も消えている。

唯一冷静でいるのは、百人ほどの日本人町の者だけになる。この苦境の時に真治郎の息子・銀次が日本から救出に来てくれている。憎き国王・宮中の奴らに大打撃を負わせ、引き続き現在も秘密裏に活動を続けてくれている。

教会があり、キリスト教の信者である日本人達は「救世主」が降臨してくれたことに感涙した。

今や救世主となっているとは露にも思ってもいない銀次は、巧みな操作で計画通りに遅れさせ、援軍の三人は機関室に乗り込んだ。代わって運転を始めた忠孝は列車を出発させることに成功した。重明がショベルで石炭を火室に投げ入れる機関士役を務めることになる。

元勝が「貞吉がいない」ことを銀次に尋ねてきたので、「山の線路沿いで負傷しているが命に別状はない。生きているので明日には助けに行く」と返した。貞吉を失うのは御免だ。

列車は五両編成で一両目には、国王からの直命で特別列車を走らせることになった鉄道会社の社長以下役員連中が乗り込んで同行しているのが見通せる。

銀次と元勝は、気絶している本物の運転士と機関士の制服を奪って着替えた。なかなかのお似合いになるので、笑いでその場が和んだ。二人は一両目に入ったが、早朝から呼び出された社長・役員連中はゆったりとした座席に身を委ね眠りこけている。

二両目は、普通列車では、お目に掛かれない厨房と食堂になっていて多額の金が使われているのがよく分かる。元勝はご馳走を横取りし手土産にして、軍艦で待っている長好をビックリさせることにした。長好が大砲で花火爆発の派手な事をやらかしてくれたご褒美になる。

三両目に、狙いの国王と残り一人になる護衛官がドシリと座し、数人の乗務員がコセコセと動いている。ここには精鋭の特殊部隊がいて、さすがに三両目には容易に立ち入ることはできない。

そして四・五両目には、軍兵数十人が配置されているようだ。

偵察を済ませた銀次と元勝は機関室に戻り、妙案を練った。

一つ目は、列車を脱線させ、それに乗じて国王の首を獲る作戦になるが、車中は混乱し、車外に脱出する国王を見失ってしまう可能性がある。

二つ目は、列車を走らせたまま食堂車に火をつけ、鎮火に奔走する連中から国王を奪う作戦になるが、食堂車には最新の消火設備が取り付けられており簡単に消し止められる。

三つ目は、国王と護衛官だけを二両目の食堂車に誘い込み、三両目以下を切り離せば精鋭部隊と軍兵は走行を失った車両に取り残される。

最後に出てきた三つ目を採用することにした。食堂の配膳係の一人を買収して、「国王と護衛官用の食事が用意できた」との口実を設け、三両目の国王を二両目の食堂車に招き入れる。そこで三両目以下の精鋭部隊と軍兵を置き去ることができると踏んで、これを実行に移す。

間もなく長く急な上り坂にさしかかろうとしていた時、配膳係が血相を変え機関室に飛び込んできた。「四両目と五両目でものすごい乱闘がおこなわれ始め、たった一人で足に傷を負っている」との情報が入れられた。それを聞いた途端、山で足を負傷し乗り損ねたはずの貞吉が闘っているのだと、銀次は悟った。そして通常の軍兵が相手ならば、一人で突破してくれるかもしれないと期待する。

同時に「今が絶好の機会だ！」と踏んだ銀次は三両目に突入する。立ち上がっている国王と目が合った。四両目の方に気が行っている精鋭部隊は、コチラから見ると背後の体勢になっている。銀次が六人の精鋭部隊に襲い掛かるが、その反撃は強烈でやはり持ち堪えられそうにない。

そこに軍兵を制圧した貞吉が三両目に乗り移って来た。六人の精鋭部隊もさすがに動揺し始める。

確かあの時、列車に飛び乗れなかった貞吉を見送った銀次であったが、今ここで貞吉を目の前にしている。貞吉は列車最後尾の手すりにしがみつき這い上がったのであろう。

勇気をもらった銀次の剣は唸る。銀次が数人を倒している間に、三両目の切り離し作業をしていた元勝が、「コチラに来い！」と銀次と貞吉に指示した。二人が倒れ込みながら車両を跨ぐと、「待ってました！」と言わんばかりに、三両目は切り離される。

一足先に二両目の食堂車に逃げ込もうとする国王に剣を振り下ろした元勝だが、それを簡単に護衛官がはねのけている。

切り離され動力を失った列車は惰性で暫くついて来ているが、もと来た線路を下り始めた車両めがけて元勝が火炎瓶を投げつけると、備蓄していた精鋭部隊の化学兵器に引火し黄色い噴煙を上げた。

精鋭部隊は毒煙にもがき苦しむ最期を迎えた。

これで敵は絞られ食堂車の厨房に身を隠している国王と護衛官の二人が出てきた。銀次の父・真治郎のかつての大敵・超魔神のシーウォーラウォン国王である。

超魔神は笑っている。この期に及んで何を感じて微笑んでいられるのか？　誰が見ても優位なのは銀次達になる。逃げ切れなかった脱力感から顔の緊張が緩んでいるのか。

貞吉は興味をそそられている。ジッと見る。ジッと見るのに飽きてきた。突然、片足を引き摺りながらも自前の走力を怒涛の突進力に変え、その勢いで狙いを定めた超魔神の左胸に剣を突き立てた。

超魔神は大笑いしている。「俺の心臓は二個あるのよ、忘れずに右胸も刺しとけよ」これを聞いた銀次は駆け出すと天井すれすれのジャンプを体重に加え、その勢いで狙いを定めた超魔人の右胸に剣を突き立てた。

魔人は俗界での悦楽を求めなくなって来ると笑い始め、その寿命を感じるのだ。早く消え去っていきたい。それには次の魔人候補に殺してもらうしかない。

ということは、魔人を殺害した銀次と貞吉は、すでに「魔界入り」したのか。

⑭予期せぬ男

目前にもう一人、男が残っている。黒のマントを頭からスッポリ被っていて顔が不明だ。これ又、貞吉が剣を振り下ろし男の脳天に突き立てた。マントは引き裂かれ、その顔を見た銀次は驚愕し、視線は一点に集中する。

頭が引きつり、腹が熱くなり、胸が苦しくて、呼吸ができない。震える手は剣を離し、足は硬直し踏み出せない。

脳天をやられている男は「首を絞めろ、締めてくれ！」と懇願しながら歩み寄ってくる。銀次は目を閉じ切望している通りにジンワリと締め始めると、貞吉が「モタモタするな！」と叱咤する勢いに押されガッチリと締め込んだ。

男は満足感に浸れている事を銀次に知らせたいのか、銀次の目を見てコックリ・コックリと首を縦に振りながら息絶えた。

その男の名は佐久田真治郎になる。超魔人・シーウォーラウォンは天敵・真治郎を延命させ魔人に仕立て上げ、その息子・銀次に殺害させた。真治郎の才覚を買いシャムの将来を預けようとしていたのではないのか。いやいや、そんな甘いものではない。超魔人は常軌を逸した不条理を意のままにする。

銀次は目の前に横たわる遺体を火葬に付した。ああ、日本の純菜と直道に何と説明すべきか。

いや、あの親子は気付いている。真治郎は魔人となり、銀次も魔人になることを……。親子は真治郎と銀次の二人を日本から送り出す時には、こうなる事を既に察知していて、それがいくら悪い事であっても黙して理解していた。戻ってこない事は分かっていて、「お空の雲になればいい」とだけ願う。

銀次は純菜と直道の元に帰らなかった。それでも構わない。
直道は、純菜といっしょに、「お空の雲」を眺める。
空が演出する雲は、いろんな形を見せてくれる。
雲の方からもコチラを見ている。
雲を見るのが好きだ。
それだけでいい。

銀次が好きだったお祭りの日には、剣を奉納したお寺に純菜と直道は拝みに行く。そして、真治郎と銀次の誕生日には、駿府のおだやかな海岸に足を運び雲を見る。その日は必ず空は晴れ、雲はゆったりと流れている。

爆弾男の重明と大砲男の長好が訪ねて来てくれて、シャム遠征話を面白、可笑しく披露してくれた。重明が特別列車の食堂のコックに大量の御馳走を作らせ、長好に持ち帰り舌鼓を打ちながら酒を酌み交わしたそうな。

なお、貞吉も銀次と同じく、あの日以来、日本の地を踏んでいない。

他人の空似

はじめに

―他人の空似（そらに）―という諺をご存知でしょうか。聞いたことはあっても意味がよく分からない人が多いので、簡単にひも解くと「血の繋がっていない赤の他人同士が、偶然に、あまりにも容姿が似ていること・瓜二つであること」が、その意味になる。

語源は、「他人の猿似」でした。「猿似」は猿はサル同士の中で、また同じように人はヒト同士の中で似ているところから、次第に「空似」に転じて、江戸後期から他人の空似が多用されるようになって行きます。

更に突き詰めると空似は「中身までは分からないが、外見はパッと見では同じに見えてしまうこと」。

会話における使われ方の例を示すと、
「君さ、昨日の夜、新宿に行かなかったかい」
「いや、家でゲームをしていたよ」「それじゃ他人の空似だな。もう少しで声をかけるところだったよ」になる。

さて、ここからが本題になります。

現実に世の中には、自分と酷似する顔をした人間が三人はいると言われています。親から引き継いだ遺伝子情報によって外観が決まって来ることを「必然」としたら、他人と似ていることは「偶然」になる。では偶然とは、事前には予期しえない、あるいは起こらないはずの事象が発生していることになるので「偶然には、必然を超越するパワー」を感じる。

「助産した女医師」と「産まれたての女の赤ん坊」に血筋の繋がりは無いが、その出会いは他人では終われない。無縁の二人と、「その二人を結びつけた女」の三人の生涯の話がはじまる。

第一章 死と生の命

①悲劇の出生

一九七一年（昭和四十六年）今から五十年以上前の年の瀬、九州北部地方にも冬将軍が押し寄せて来ている最中、福岡の中堅規模の病院で、危篤に近い状態の女性に対する緊急出産の準備が始まった。ところが、肝心の担当医はストレス性難聴の影響で助産ができる状態にない。そこで、経験豊富で難局に立ち振る舞える女性医師が代行することになった。

妊婦は半年以上前から咳が続く感染症の一つ結核を患っており、担当医からは、余命幾ばくかの中での妊娠の継続・ましてや出産に至ることは絶対に止められていた。要は堕胎を強く勧められていたのだが、本人の意志は固く、この日を迎え望み通りに女の子の出産を果たし終えた。しかし、それと引き換えに心肺停止となり、女は産まれたての赤ん坊の生命を感じることができないままに終息した。

女の最期を看取った女医は、尽き果てたお腹を撫でてやりながら「よくやった、頑張ったね」と耳元で囁くと、女の目から薄っすらと滲み出ていた最後の涙が目尻に溜まり、乱れた長い髪の中に流れ消えて行った。分娩室の隣の部屋で産湯に浸かった赤ん坊の誕生を喜んでくれる者はいない。

枯れ枝を「ザワザワ」と揺らす寒風が吹きつける病室の窓は「カタカタ」と音を立てている。カーテンの隙間から外に洩れている白熱灯の明かりは人の生命を照らすのには、あまりにも弱光で点滅の危機に瀕していた。

②兄妹となる

少し白が混じってはいるが、黒い艶のある頭髪に被らされたナースキャップ。そのキャップに縫い付けられた病院のシンボルマーク。その朱色の明るさが、人類の心に希望の輝きをもたらしている。いつでも全ての人々にその恩恵をもたらす事ができている訳ではないが、女医は自分ができる範囲で産後の女性と赤ん坊を看て来た。亡くなってしまう母親がいる場合には父親が母親代わりをすることになるはずだが、今回は父親が不明の出産で赤ん坊の引き取り手はいない。

名前が付けられていない赤ん坊を、急遽迎い入れることにした女医は、大胆にも息子・小学三年生の『真一（しんいち）』に名付け親となる運命を背負わせた。名付け親になる話を聞かされた真一の心は昂りワクワク感が止まらない。そして、子供なりの発想をモチーフに名前は決められる。

当時、休日の夕方にＮＨＫで放映されていた連続人形時代劇『南総里見八犬伝』の主人公になる、八犬のシンボル名称「仁・義・礼・智・忠・信・孝・悌」の珠を持つ―忠犬の化身・剣士―の活躍が日本中を沸き立たせ、全国の少年少女たちはテレビの前に鎮座していた。知的な女性の持つ聡明さを連想させる「智（ち）」の一文字に魅了されていた真一は、ノート一面に智の一字を書き綴ってみる。やっぱり、これがいい。納得できる。

八犬の呼び名、四つ目の「智」を「子」でつないでシンプルに『智子』としたが、読みは「ともこ」か「さとこ」かのどちらになる。家庭内審議をして、別の漢字「朋子」で「ともこ」と呼ぶ親戚の女の子がいるという意見が父親から出され、読みは「さとこ」に決まった。テレビの八犬伝が名前の由来になろうとは、アニメのキャラ名称を引用する今と変わらない。

妹となる赤ん坊に名を授けた兄となる真一自身も、産みの両親と死別し孤児となった時に室田家に引き取られている。『室田浩輔（こうすけ）』と妻『真由（まゆ）』に何の不自由もなく育ててもらえている真一ではあったが、他の家庭と同じように自分にも「兄弟が欲しい」との願望を徐々に膨らまし、親に申し入れていた矢先に生まれたての赤ん坊が家族の一員となり、その顔を覗き込んだ瞬間に、かねてからの熱い想いが叶った。瀕死の体に関わらず女の最期の気力だけで産まれた赤ん坊は室田家に入籍し智子になる。

皮肉なことに、産婦人科医師、真由自身は不妊症で実子がいない。

他の母親にはできる「自分のお腹で育つ子供は神の創造物」で、「お腹から生まれて来る赤子は分け合った命の分身」と思える直接的な感覚を得ることはできないが、子供を愛する気持ちと子供の心の微細な動きを感受できる才覚は備わっている。真一と智子を引き取り成長させるのに最も適した人材になる。

第二章　家族崩れ

③発覚する父の浮気

智子が室田家に来る八カ月前、真一は只ならぬ気配を感じていた。ある晩、浩輔の帰りを待っていたかのように真由が詰め寄っているが、ものの五分も経たないうちに、その母が卒倒した。後ろに倒れて行くのを父が抱きかかえて事故には至らずに済んだことを、真一は階段の柱の陰でジッと見つめていた。

騒動の発端は、こうである。

普段は無人になる室田家の平日の昼間に一本の電話が入って来た。職場としている病院に休みの届を出していた真由は、その電話に対応する。

「お待たせ致しました」

「コチラは、旦那さんの浮気相手の友人です」

「はあ?　いったい、あなた誰ですか?」

「室田浩輔さんは近いうちにアナタと別れて、次に再婚を予定している相手の代理人になります」

思い掛けない宣告に動じた真由ではあったが間髪を入れずに、

「それでは、まず貴方のお名前と、相手の方のお名前を聞かせてもらえますか」

と冷静に質問をしたら、返事はなく沈黙は二秒もないうちに電話は切られた。短い会話ではあったが、相手の目的は伝わって来る。金銭目的の恐喝ではなく、「結婚をしたいので、奥さん別れてくれ」の簡明な望みが感じられる。

よくよく振り返れば、ここ半年余りの浩輔の行動はおかしいことは明らかで夜の時間は仕事以外で費やしているようだ。職場に身を投じ家庭に腰を据えていない真由は、自分が思案しても解決できない事態であることを悟った。

そこで浮気の探偵会社に調査を依頼しようと決意し真由は電話をする。気になる費用を尋ねると明細を説明した上で合計金額を言ってきた。思ったより安価だ。決めてしまおう。

探偵は下調べに二日掛け、三日目に浩輔の夜の行動を追跡した。

④邪悪な先輩

病院から一駅のところに住宅街がありワンルームマンションが点在している。職場で酷使した体を休めに帰る棲み家になるが、会話をする相手はいない。若者は過去に経験したことのない生き方に埋没する。

浩輔の浮気相手の名前は『大沢加奈子（かなこ）』と言う。大分県の医療専門学校を経て就職先を都会の福岡市内に絞って内定が取れた病院に迷うことなく入社し、働き出してから早五年目に達した彼女は二十五歳になる。女性として真っ盛りの青春を謳歌すべきであろうが、まずもって彼氏がいない。

顔立ちは色白の肌がベースとなって、大きな目と整った鼻が備わっている。豊富な頭髪は日によって多彩な変化を見せ、変幻自在の小悪魔を彷彿させる。ではなぜ、男性とのお付き合いができないのか、それには訳がある。


職場の先輩『佐久田栄子（えいこ）』は地元が福岡で八つ上になる。入社時から同じ医療班に属していた加奈子は、そこで目の当たりにする栄子の神業的な仕事ぶりに憧れた。職場では面倒見が良さそうな雰囲気を醸し出している栄子ではあるが、私生活ではかなり屈折している。

栄子は２ＬＤＫの自宅に職場の男子を時折呼んで自費参加の焼肉パーティーを開き、同じく集まった女子との縁を結ぼうとはしゃぐが、当の本人の目的は狙っている一人の男子が来てくれる場を設定しアプローチをすることだ。

しかし、毎回その目論見は失敗し閉会の時間になると彼がスンナリ帰って行くのに腹を立て、折角うまく行きそうなカップルの邪魔をして最終的に潰してしまうような、嫌な女である。

今回、室田家に電話を入れて来たのは、まさにこの栄子になる。

栄子は、加奈子を手毬のように扱う。自由にさせつつも従順であってほしい、自分の綺麗な玩具であってほしいのだ。

ある日、会話を投げかけても、いつものように跳ね返って来ない加奈子から「病院の慰労会の日に室田浩輔と関係を持ったこと」を聞き出す。又、その付き合いが長引こうとしていることや、特に浩輔のズルズルとした締まりのないセリフに興味を持つ。

見通しの立たないウソをついて若い女を繋ぎ止め、セックスに興じている浮気男は、欲求が満たされていない栄子の格好の餌食になる。

栄子にとっては加奈子をこのまま放っておくと、浩輔に横取りされた気分になってしまう。加奈子に指示を出せる立場であり続けるには、浩輔を失うショックを与え一時的に錯乱状態にして再起不能になるタイミングで優しい言葉を掛け立ち直らせ、自分の存在価値を際立たせようと企てる。短大を出て現職の病院勤めを選んだ頃の純真さは消え去り、栄子の心は毒刃に蝕まれている。

⑤金木犀（きんもくせい）の香り

お分かりになって来たでしょう。室田家の浩輔・真由と大沢加奈子・佐久田英子は同じ病院勤めになる。勤め先になる四人の病院は地域に根付いた中規模の経営ではあるが、勤め人は五百人以上で来期には姉妹病院の開設が予定されている。

浩輔は総務課と経理課を束ねる総務部で部長職を任されおり、今のシステム化された診療体制は、浩輔とプログラミング会社が協力し仕立て上げたもので、無駄のない受診サイクルの恩恵を患者は享受し、各部署の業務効率を大きく飛躍させたことでも、社内から羨望の眼差しを浴びている。また、病院経営において大切な経理を管理し、お金の裏事情にも精通していることから、現経営陣の理事たちからも一目置かれる存在になっている。次年度での理事会入りが内定しており、ゆくゆくは理事長に駆け上がる若き獅子の勢いを感じる。

総務部の浩輔と産婦人科病棟の医師真由、看護婦の栄子と加奈子は一般外来病棟勤めになり、業務ではかかわりを一切持たない。

話すことができるのは、年末の社内慰労会が唯一になる。十二月二十日の金曜日午後五時から有名ホテルの大フロアーでパーティーは開催された。始まって、テレビで観る漫才師のコンビがステージに登場して来たかと思うと、超有名歌手がヒット曲を披露するという賑やかさに包まれる。

午後七時に社内幹部による本年の労をねぎらう挨拶と来年の抱負が語られている。その中でも異彩を放っているのが室田浩輔で、「コーちゃん、コーちゃん」と壇上近くに駆け寄る女性軍は手を振り呼びかけている。きっと彼女達の間には、「妻・真由が不参加で来ていない」ことが流布されているのか、遠慮がない。

加奈子にとっては入社五年のご褒美で初めて参加させてもらったパーティーになり、演者達のステージを始め会場の全てが輝かしく見え、お酒も相まって浮ついた気分に酔いしれる。

二次会は同じホテルの最上階のラウンジで入社五年目の社員と幹部だけのカラオケ大会がおこなわれることになっている。移動する総勢六十人以上の大所帯を受入れるラウンジの席割りは、ワンテーブルに十人で男女が交互に座ることにされている。そこで、たまたま加奈子は浩輔の隣になった。「ああ…、この人はさっきステージで挨拶をされていた偉い人だ」と思い、遠慮がちに「どうも済みません」と言ったので、浩輔は笑みを湛えながら

「こんばんは。謝ることはないよ。オジサンが隣で、こちらこそ済みません。今日は君たちが主役だよ！　辛苦が絶えない病院勤めに、よくぞ辛抱してくれているね」と親身に喋りかけてくれたのには、ビックリして涙を流した。

浩輔はハンカチを渡しながら加奈子の頭に手を置いた。金木犀の香りがする。秋に開花し各地でいい香りを放ち、人の嗅覚を満喫させている様子がテレビでよく報じられる。花のそばに寄ると、強くていい匂いが漂い、気持ちがフッと軽くなったり、緊張から開放される感覚が味わえ、リラックス効果や鎮静作用がある。神経系の過度な不安、緊張、イライラを和らげ精神状態を落ち着かせてくれる。

看護婦、介護士が不足している問題に困り果てている浩輔は呼吸を深め陶酔した。

そんな香りを放っている、かわいい小悪魔的な顔の女性が一心不乱にこちらを見ている。どうしようかと躊躇したが抱きしめてしまった。

周りは響めき、二人を囃し立てる声を上げ拍手したりもする。

寄り添いをキープする二人を気に留める者はいなくなり、大音響のカラオケ大会は午後九時に幕を下ろした。

二人は一緒にホテルを出た小道の陰で、おのずと唇を重ねる。若いプリッとした弾力がある唇を吸い寄せる浩輔は、我を忘れる。加奈子は攻める浩輔の勢いを感じ、少し荒い鼻息を吐きながら離してくれない唇を中心に頭がゆっくりと左右に揺れ動く。浩輔はそれを追う。加奈子は逃げられない。

浩輔たちは、病院関係者がいなくなっているホテルのロビーに戻った。ロビーのソファーに泥酔気味の加奈子を座らせ、後々、関係がバレないようにシングル二部屋をとった。そしてロビーからは見通せない位置にある公衆電話を使って、家にいる真由に、「今日は飲まずに、ホテルに駐車している自分の車で帰宅しようと予定していたが、あいにく年末の週末で代行タクシーがすべて出払っている。それよりも、宴会で理事長が隣りに居座り「飲め、飲め」と無理強いしてきて、おまけに補助金の件で厚生省とやり合った昔の自慢話を延々とするので悪酔いし気分がすぐれない。今日はホテルに宿泊し明日帰宅する」と有無を言わさず、一方的に捲し立てた。


二部屋のうちの片方に二人は入室する。浩輔は加奈子の蜜を堪能し、雄性生殖器官おしべを通して、白い液体を加奈子の顔面にぶちまけた。

ナント、加奈子は処女であった。行為すべてが初体験で顔面を覆い尽くす勢いで放出された精液を、遠のく意識の中でうっすらと見つめたまま声が出なかった。

シングルルームの割にはベッドが広くバスタブもゆったりしているしシャワーも快適だったおかげで目覚めのいい朝を迎えられ、八時に予約しておいたバイキングの朝食にありついた。浩輔の有り余る食欲に加奈子は感心し、昨夜知った男の強靭な体力の虜になっていく。

第三章　錯綜する人達

⑥命と引き換えに

断崖絶壁に迫り来る海水は激しく渦巻いている。その波は不規則な形状を呈し、次はどうなるのか人の想像を超える。

浩輔は、二十五歳で同じ病院の五歳上の真由と結婚する。三十五歳で病院幹部候補生に出世し、三十七歳の時、年末慰労会で一回り離れた加奈子二十五歳と知り合う。加奈子から浩輔との関係を聞き出した栄子は真由にタレコミの電話を入れている。

真由は探偵事務所を使い浩輔の動向を調査した結果、同じ病院の看護婦と行きつけになっている居酒屋で五千円程度飲み食いした後、夜十時頃には看護婦のワンルームマンションにしけ込んでいる。約二時間の滞在の後、タクシーを呼んで千円をタクシー代に使い夜中に帰宅する。

真由は、これ以上の調査依頼を打ち切った。聞きたくない、知りたくない、どうしようか、子供が心配だ、離婚だけはダメだ。混乱した末、浩輔に問いただしたが、みずからが気を失った。

まさか加奈子に妊娠させていようとは露知らずの浩輔は、身勝手なもので加奈子に時間を費やさなくなって行った。苛立つ加奈子ではあったが、浩輔の本気度が判り、時折、諦め加減に「今度会えないか」と聞くと二回に一回くらいの割合でデートをすると、一気に火がつき雪崩れのようにワンルームマンションに落ちていった。

加奈子は妊娠七ヶ月目で病院を自己都合で退職している。その前の月から妊娠を病院から告げられていたが、肺結核とも診断される。加奈子の人生には良い事はめったになく、悪い事ばかりがストレートに襲来する。

妊娠の事は栄子に知れた。妊娠に及ぶとは予想していない栄子には、これ以上は手に負えない。小規模でのゲームを楽しもうとしていたので、加奈子の出産の決意には驚き身を引くことにした。

浩輔は逃げていた。ある意味、栄子と同じである。自分が深入りし、加奈子に期待を持たせてしまった。男女間では一度きりの過ちで我慢すれば、後を引かずに済むことが多い。お互い、お相子状態になるので、一定の緊張感は残るが行動は束縛されない。

浩輔は恐れた、離婚は無理だ、加奈子には生活感を感じない、加奈子を人生のパートナーとする選択はない、浩輔の心中は掻き乱れる。急に加奈子からの音沙汰がなくなり、元の生活に戻れた。このまま無関心を貫き通そうと自身に命じる。

加奈子は浩輔の子を授かっている事を浩輔に知らせなかった。言ったら最後、中絶を迫ってくるに違いない。加奈子は二十五年間の人生の中で人に強く反発したことがなく、それにつけ込まれ中学時代はいじめられていた。だが、誰が何を言おうと出産は貫き通すつもりだ。邪魔な浩輔を頭の中から消し去った。

嗚呼、加奈子は逼迫している。心身は衰弱し頭で考える事ができなくなって来ている。誰かに助けてほしいという感情も湧いてこない。今や死ぬことすらも怖くない。もし助けてくれるなら、お腹の子になる。出産はしたい。育てたい。しかし自分ではできないことは分かっている。無理なお願いになるが、医師には必ず出産を果たさせてほしい。赤ん坊を育てられない状況になれば、親切な人にもらってほしい。

内科の精密検査で肺に異常が見つかり、結核と診断されたので、産婦人科の担当医から、「妊娠を続けることは寿命を縮めることにつながる。絶対にダメだ」と言われた加奈子は、病院に通わなくなった。自宅で悶々とし結核の薬を飲み、天気が良ければ近くの公園を散歩した。もう、自由になって誰にも邪魔されたくない。自分一人で決めることを選択した。

公園で楽しそうに遊んでいる子供達とママ達を、いつものようにベンチに腰掛け少しの笑みを湛えながらボンヤリ眺めていると意識が遠のきフラフラとする。かすかに開いている目の睫毛の間から一人の女の子が声を掛けてくれているのが見える。ママ達に介護され、死ぬ二日前に救急車で病院に運ばれた。


真由は加奈子の緊急手術による帝王切開で赤ん坊を取り上げた時に、浩輔のことが一瞬頭をよぎった。なぜ、浩輔を思ったのか。考えないことにした。考えなくても、真相に近いことは分かっていたからだ。私は何をしているのか、きっと間違いなく、この加奈子が浩輔の相手で赤ん坊は浩輔の子になる。

加奈子の死の場面は第一章①項に記している。

⑦人が冒す尊厳

人には、やってはいけないことがあるとしたら、加奈子が自分の体力が持たない出産を選び赤ん坊を産み誰かに育ててほしいとしたのは、どうなのか。

それはやってはいけないことだとしても加奈子を裁く法はない。

人間の尊厳は日本国憲法第十三条で定められている。誰もみじめな思いはしたくない。人間はお互いを同じ人間として尊重しなければならない。みじめな思いをしている人がいる社会では、果たして尊厳が守られているのか。


人間の尊厳を頭で考えることは止めて、現実のこととして自分が加奈子の立場であったと想定したら、同じ行動に出るであろうか。大抵の人は自分じゃないこと、関係ないこととして、想い描くことを止めてしまい、もうそれ以上取り合わない。加奈子の考えや行動は勝手にやっていることだから、みじめな思いをするんだと結論づける。実は、その結論に至ってしまうことこそが、人間の尊厳を冒涜している。


真由は不妊症で実子を持てない。

産婦人科では養子縁組制度の一般向けの公開勉強会の案内もおこなっている。養子に出したい人、養子縁組をしたい人の切実な家庭の集まりになる。この縁組の会で審査を受け孤児の男の子を迎い入れた。真由の一字をとって「真二」と名付けた。

それから八年後、真由は生まれたばかりの加奈子の子を夫・浩輔に認知させることにした。夫婦間に産まれた嫡出子ではなく、非嫡出子ということになる。結果的に一部親戚には知れることになるが、世間的には「真一」に続いて、妹「智子」が生まれたことになる。真一に妹ができた。二人共、産みの親が異なるので血は繋がっていないが、兄妹になる。八歳の真一が待ち望んでいた妹がやって来た。

真由は、加奈子の尊厳を冒涜しなかった。加奈子は冒涜しなかった真由に、智子を与えてくれたのかもしれない。智子と血は繋がっていないが、心で深く繋がっている。その心に刻まれているキズには共通するものがあった。

女は自分が身籠っていることを男に告知した。男は、その日のうちに姿を消す。女は出産し、生まれてきた女の子を実家の母親に預けたまま、男を探し求め、同じく失踪した。孤立した女の子は真由になる。

⑧変異する室田家

まず、浩輔の様子がよくない。病院への出勤も減っているし重要な会議ですらすっぽかしている。病状は精神疾患で、「こころの病」になる。周囲は「うつ病?　引きこもっているの?」と言いたげになるが、では、癌になった人に「なんで癌になったの?」と、懐疑的に詮索しないはずだ。

癌は、禁煙・食生活の見直し・運動などによって「なりにくくする」ことができる病気であるが、それらを心がけていても癌に「ならないようにする」ことはできない。つまり、うつ病も癌も、誰もが分け隔てなく、かなりの高い確率でなる病気だ。

真由も変調をきたしていた。全身に感じる疲労と共に貧血などの症状があり、血液検査の結果から血液細胞の数や種類に異常がみられ白血病が疑われる。白血病は血液の癌。癌化した白血病細胞は骨髄を占拠して増殖していく。そのため、正常な血液細胞が減少し、貧血、免疫力の低下、出血、脾臓(ひぞう:血液を貯蔵しておく臓器)の肥大などの症状があらわれる。

現在の日本では、一年間に人口十万人あたり、男性で約十二人、女性で約八人の割合で白血病と診断されている。生存率は高くなく三~五年での死亡率が高い。

子供の真一は父親の浮気に耐えきれず塞ぎ込んでしまう。

小学校では悲劇の自分を思い沈んで、何でもない時に泣き出してしまうようになってしまった。加えて、母親の大病に面食らう。もう、何もしゃべれない。

浩輔は休職状態で実家の熊本に帰省している。真由は入退院を繰り返す闘病生活。真一は三度の医科大学受験に失敗。室田家は絶体絶命のピンチになる。

いや待てよ、室田家にはあと一人、十三歳になる女の子・智子が残っている。中学二年生時に実施された学力テストで全国一位になった。ちなみに音楽・図工・体育でも最高の評価を受ける。新聞で取り上げられ、テレビ等あらゆるメディアが天才少女の事を報じた。顔は大人びており身長百六十五センチで、一見二十歳くらいに見える。芸能界入りも決まり、世間にとってはスーパーアイドル登場と言ったところになる。

果たして、この秀でた才能の起源はどこにあるのか。

テレビの特集番組で室田家を訪れたプロデューサーは、母親・真由の許可を得て和室のふすまの中に整理され置かれているアルバムを取り出した。若かりし頃の真由は智子にそっくりである。順番からすれば、智子が真由の映し子になる。兎に角、母と娘は瓜二つだ。但し、現在の真由の体は衰弱しきっており気力も尽き果てようとしている。

おわりに

デビューして二年にも満たない冬の季節に智子は芸能界を引退する。

「加奈子母さんの望み通りに出産させ、残った私を育ててくれた医師・真由母さんも先日亡くなりました。死んだ加奈子は、地球が太陽のまわりを公転する周期を十五回繰り返した時に真由の手を引き寄せました。奇しくも、二人の母さんが命を落とした月日は同じで時刻もそうです。私は、二人の死に偶然を感じます。その偶然が起こる確率は限りなくゼロです。逆に言えば、ゼロは偶然という奇跡を生みます。二人が夢に出てきて口を揃え、『ゼロから始めたい別のことがあるなら、ファンの方は、智子の尊厳を尊重して理解してくれますよ』と優しく笑いかけながら言ってくれるんです。身勝手ではありますが遠くに目標を掲げ新たな道を進んで参ります」亡くなった母達から注がれる愛情に相応する自分に課する責務を全うしようとする決意を公表した。

ファンの子供達は決別して行く智子を涙して見送った。


それから半年が過ぎ、智子は日本で高校生になっているはずだが、ここはイギリスの超有名大学ケンブリッジになる。高校を飛び級で進学し、勉学に打ち込むのに最高の環境の下、大学生活を始めようとしていた。特別扱いで進学に手が加えられた訳ではない。正当な試験を通過して、しかもトップの成績で入学している。

大学生活は順調で、世界トップクラスの人材との結びつきもできた。大学から大学院までの十年の間、毎年論文を発表し物理学・経済学・心理学等の多岐に渡る分野の発展に貢献し、持って生まれたエンターテインメントの才能も相まって今や人気の名誉教授になっている。

世界的に読まれている雑誌『ネイテャー』が彼女の特集を組んだのをきっかけに、長らく低迷し出口を見出せない日本では彼女の芸能界復帰ではなく政界進出への熱望論に沸いた。二〇二四年、リーダーへの失望、政治への不信感が続く中、日本の舵取りを担う存在として帰国し政治活動を始めた。支持層は広く過去の政党は飲み込まれ「万能の女神」の異名を博する。

真由と加奈子と智子は共鳴し響き合う。

童話

天空の羊飼い

①湯の引き合わせ

生後三年目の時、『聡一（そういち）』は小児ガンを発症した。半年後には専用の補助具に半身を預け病院内を歩行する練習が始められる。そのたびに寄り添い応援する母親は、息子が目標の距離を達成すると抱きしめ褒め称えた。気丈な母ではあったが、生まれながらのガンを背負わせてしまった失意の思いと看病の心労が積み重なり、その一年後に同じ病院で息を引き取った。

父親は中学高校共に優秀な成績で就職では地方の新聞社の報道部に大抜擢で採用され、宿舎に住み込みで働き始めた二年後には新聞の片隅に地元情報から得た小さなコラムの執筆を任されるようになる。

仕事に没頭する毎日を過ごしていたが、半ドン明けの土曜日の夕方には疲れ切った体を癒しにヨレヨレの浴衣で行きつけの銭湯に通っていた。裏道を抜けるとその銭湯の前に出るのだが、偶然にも月に数回は別の方向からやって来る巻き上げた髪元からのぞく綺麗なうなじの持ち主の女性と出会うようになり互いに軽い会釈をする仲になる。

じきに目を閉じれば女性の容姿が瞼の裏に浮かび始めるようになると自然に頭がクラク

ラと揺れ、ゆうに三十分程はその陶酔に浸ることができた。

その年の最初の大寒波がおさまった十二月初旬の土曜日に意を決し、早めに湯を上がり銭湯の門前の端で女性が出てくるのを待った。

そして、とうとうその瞬間が訪れる。待ち伏せされていた女性は予期していない声掛けに驚きの表情を見せたが、コチラを安心させてくれる微笑みを返してくれた。連れ添って歩き始めるが、膝が浮きギクシャクしている。先週、映画で見たチャップリンが警官に声を掛けられた時の歩き方にそっくりである。誘った先はラーメンの屋台になる。アツアツの皿を持ったままの立ち食いのスタイルでデートには最も不向きだが、これが功を奏し二人の身は至近距離を保つことができている。仕事のコラムの話をすると興味津々に眼差しを向けタイミグ良く質問をしてくれる。

アッという間に時が過ぎ冬の夕暮れを迎え彼女の家路にお供した。その門前に差し掛かった瞬間に衝撃を受ける。格式のある門構えと奥に見える歴史を感じさせる邸宅に身がすくむ。のちに知ることになるが家主は地域では有名な資産家で、勤めている新聞社の資金面の相談役をしている。

帰路の一人の心情は恥ずかしさでいっぱいになり打ちのめされた。銭湯に通っていることから同じくらいの暮らしぶりを営んでいるのかと思い込んで、屋台のラーメンを食わせてしまった後悔の念にかられた。

　だがここで見過ごせないのは、麺を頬張りスープをすする度にコチラに目を向け満足げなうなずきを繰り返していたことだ。下流庶民の普通の味に初めて接したようで新しい味覚を堪能し、「とってもおいしい、おいしい」と繰り返していた。

　後に続くお付き合いの中で、なんと大邸宅にはお風呂が二つあり一日中湯が沸かされているのを知る。お嬢様は一人で入る湯より大衆の雰囲気が味わえる銭湯に来ていたのである。


　気落ちした翌週、銭湯にトボトボと足を運び掻きむしるように洗髪し門前を出たら、逆に今度は彼女のほうが待ち伏せをしていた。映画のチケットを入手したので、先週のお礼に明日の日曜日に街に出かけようと誘ってきた。

　その夜は安眠の体勢を定められずゴロゴロと寝床をさまよった末のハッキリしない寝起きの中、出発の準備に取り掛かり始め宿舎の先輩にマシな着物を借り帯を締めてもらい品の良い羽織をまとい雪駄まで拝借し、待ち合わせの喫茶店の前に一時間以上前から待機した。ガラスにひびが入った腕時計に目を配りながら、あたりをキョロキョロする様は、獲物にありつけた幸福な時間を他者に横取りされまいとする野生動物そのものである。

そんな野生動物の耳に、遠くから「お待たせしました。御免なさい」と明るい澄んだ声が届いた。昨日会ったばかりであるが、期待以上の場面設定に体が宙に浮きそうになる。映画の上演時間までには一時間ほど余裕があるので、そのまま喫茶店で過ごすことにした。入店すると彼女が醸し出す若葉の香りが店内に行き渡り、客の大半がこちらに目を配って来たので、身を隠すように入口近くの窓際の席におさまった。いつもの事ではあるが朝飯を食っていない。コーヒーを飲んでいる途中に空腹を知らせる生理現象の音が「ググググー」と鳴った。すかさず「お腹空いてんだ。私も何か食べたいと思っていたの。映画館でお腹が鳴るよりか、今穴埋めしておきましょう」とフォローしてくれた。

映画はアメリカ映画。主演はグレゴリー・ペックとオードリー・ヘップバーンで、自分なんかはグレゴリー・ペックの足元にも及ばない一方、今デートしている相手にはオードリー・ヘップバーンと同じ愛くるしさを感じる。映画館を出た二人の日曜日の夕刻の街は更に賑わい出し居酒屋の客引きも勢いを増している。それに誘われ暖簾をくぐり飲酒を共にした。二人でビールの大ビン一本と日本酒二合、おでん大皿をきれいに平らげた。

火照った体を夜風がほどよく冷ましてくれる帰りの道のりではバスを利用せず、フラフラと歩を進め手を握り締め合い肩を寄せ時間を気に留めることなく会話が続けられていることを楽しんだ。

同い歳二十二で付き合いを始め三年が過ぎて行く中で、彼女にはお見合いの話が何件も持ち上がり、無理強いする親戚からの話には断り切れず数件を引き受けたが、心ここに有らずの気の抜けたものになり寧ろ相手から断りの申し出がある始末であった。

実家の近所に居を構えている既婚者の姉は心配しつつも少し察することもあり、「自分一人で思い詰めている事があるのなら、お姉ちゃんは相談に乗れるかな？　どうなの？」少し頑固なところがある自分だが、昔からこの姉に対しては心置きなく自分をさらけ出してしまう。「好きな人がいる。もう三年もお付き合いをしているの。その人と結婚したい」姉は告白した妹のうつむいた顔を覗き込んで、それが本気である事を確信した。

外部取締役の父親が新聞に連載されているコラムの愛読者であったことも功を奏し、話がトントン拍子に進み半年後に二人は結ばれる。

中学生の時、小さな自動車部品工場を細々と営んでいた両親は、納期に追われ徹夜で働き早朝の道路には霜が降りて危険な中、製造した部品を納めに軽トラックを走らせたが対向してくる大型トラックの運転ミスで激突を受けた軽トラは吹き飛び両親は即死していたので、結婚式では新聞社の上司になる報道部長夫妻が親代わりをしてくれた。

結婚後、間もなくして『木下雄介（ゆうすけ）』と『登紀子（ときこ）』は子宝を授かった。元気な男の赤ちゃんで聡一と名付けられた。ただし体重が二千グラムで小さいことが気がかりである。それ以外には異常はないが栄養補助の処方を続けるように言われる。三歳の時、息子は高熱を発し咳が止まらない。病院に駆け込み検査入院をした結果、白血病（正常な血液がつくられない）と診断された。小児の白血病からの回復の見込みは高いと聞かされ、あとは適切な治療と息子の生命力にかけるしかない。登紀子は病室に簡易ベッドをこしらえ、二十四時間息子の顔を覗き込み語りかけた。もう三歳であったことから、自分の考えで話ができる。

「ママ、歩きたい。僕、歩けるよ」と発信してくる。

登紀子は隣で聞き入っている看護師の手にすがり、すすり泣いた。

「ママ、僕のことで泣かないで。ごめんなさい」と心配し謝罪してくれる。代わりに看護婦が息子の気を逸らそうと別の話題であやしてくれた。

半年後に歩行訓練が始まった。補助具をつけて歯を食いしばりながら病院の廊下を歩き皆に褒められるようになった矢先、それを見届けた登紀子は体調を崩し始め亡くなった。食が細くなり過度の栄養失調に陥り体重は二十キロ減っているのに関わらず、自分の命を差し替えに息子の回復を祈り捧げた毎日であった。彼女の頑張りを見てきた看護婦達は涙した。

雄介は自分を恥じた。弔問に来てくださった方々には「妻を亡くした責任は私にある。死んでお詫びしたい」と心の底からヒクヒクと声を発し嗚咽する。

葬儀の最中、奥の部屋にいるように親戚が監視していたが、ちょっと目を離した隙に車椅子に乗って来た聡一は、泣き崩れている父の肩に小さな手をかけ、「パパがいなくなったら、僕もう生きていけないよ」とつぶやいた。

②成長を願うパパ

聡一を引き受けてくれる幼稚園はなく、遠方になるが病弱者を支援してくれる施設に週二回通わせることにした。新聞社では学歴が高卒者の昇進の限度である係長までになっていたが、自ら平社員への降格を申し出て育児に励むことにする。

火曜と金曜日は六時に朝ご飯を済ませたあと、車の助手席に座る聡一の膝にお手製のお弁当をのせ、施設までの一時間半の道のりを一緒に過ごす息子とおしゃべりをする時間が楽しく宙に浮いた気分で運転した。

息子を送り届け担当の先生にお礼を述べ、クラスの中の様子をうかがう。隣の席の聴覚障害がある子と身振り手振りで会話を始めている。五歳の子が頼もしく見え、ジワリと涙腺が緩む。
帰路の途中にあるスーパーで夕飯の食材選びをし、家に戻ると息子が喜ぶハンバーグをつくり果物を添えたりもする。時にはあらかじめ餃子の具材を練り合わせておき皮の包みを息子にやらせる。所々破れている部分があるが、おいしく頂ける。

施設通い以外の曜日の聡一の過ごし方は、平日の三日間は雄介が与えた二百三十円を使って、駅員の手を借り車椅子で電車に乗り込み二駅先にある市の図書館に通った。子供運賃往復で百円、昼飯は図書館に隣接していて通路が繋がっている「うどん屋」で素うどん八十円とお稲荷さん三個五十円を注文する。店主のオヤジさんがいない時には、雇われの兄さんがきつねの揚げを食べやすいように刻んでくれたものとネギを大盛にした最高にウマいうどんにしてくれた。
図書館ではモーリス・ルブラン原作の『怪盗ルパン』や江戸川乱歩著作の『怪人二十面相』に描かれている怪人に対峙する名探偵明智小五郎と彼のひきいる少年探偵団に夢中になった。

土曜日は半ドンのパパを待ち、病院の診察時間ギリギリに飛び込んだ。

最も楽しみにしているのが日曜日で、母の姉『恵理子』の家に父雄介と遊びに行く。待っていてくれるのは、その息子俊太で野球の試合に行く準備をしている。三人は車で出かけ球場に到着すると、間もなく午前の試合が始まり、午後にも第二試合がおこなわれる。あい間の休憩時間に恵理子がつくってくれた豪勢なお弁当を開く。

俊太はピッチャーで四番打者の二刀流。投げると豪速球と絶妙なカーブで相手の打者を翻弄し、打席に立つと相手の守備陣を威圧し外野手はフェンス際までさがる。打ったボールはそれをはるかに越えホームランになる。球場を躍動する俊太の一挙手一投足に聡一は魅了された。

六歳になり小学校に行く歳になった。障害がある子を引き受けた経験がある六十歳近くの人徳があることが一目でわかる先生の面談を受け、入学することができた。先生は生徒を公平に扱い、互いに助け合うことの大切さを説諭する。その中で聡一は何の違和感なく学校生活を送れる。

後から先生がお寺の住職「お坊さん」でもあることを聞いた雄介はうなずいた。

更に聡一の登下校の介助は俊太がしてくれる、有難い。神様に感謝しよう。「聡一は今朝も元気に挨拶をしてくれました。今、御飯を頂いています。多くの親切な人達に出会うことができ、幸せな毎日を過ごせているのは神様のお陰です」と報告する。

無事に四年生となりクリスマスが近づく十二月の土曜日に、冬の賞与をつぎ込んだ重層感のある「書棚」と『日本文学名作大全集』・『世界文学全集』が届き、登紀子の仏壇の横に据えられた。

その日、雄介は校門で息子を待った。家路の途中にクリスマスプレゼントの話を切り出すと、フランスの作家ジュール・ヴェルヌの『八十日間世界一周』の本が欲しいと言ってきたので、雄介は心の中でガッツポーズをとった。

家に着き息子を仏間に誘うと書棚を中心にして様変わりしているのに聡一は驚く。整列した大全集に目を見張り、「ヤッター！」と大きな声を上げる。

それ以来の土日は仏間に入りびたりで、ゴロゴロできるクッションの効いた敷布で大全集を読みふけった。兄さんのように慕っていた俊太は他県の野球の強豪私立中学に推薦で入学したので、その後の活躍は新聞で知ることになる。

③夢想の入り口へ

聡一は就寝するとすぐに不思議な夢を見る。その夢は天空が決まって自分だけに降りてくる。舞い降りて来た天空は裂け目をつくり、聡一を包み込む。夢はここで終わり、ゆったりとした気分に浸れ、目を覚ます事なく、すなおに深い眠りに落ちる。これを人に話すと気味が悪いと思われそうで黙っていた。

日中の学校生活の成績は、体育科目の三を除けば、オール五である。図画で星空と雨空と青空の三重奏を描いた作品は市のコンテストで優秀賞を貰ったりもした。聡一はクラスで一目置かれるようになるが、驕ることの無いふざけたおしゃべりが受けて笑いが起き、皆と分け隔てなく交流できている。

お祭りの日には気の合う仲間四～五人に誘われ屋台を見て回った。食欲旺盛な友達がイカの丸焼きを豪快に平らげるのにはビックリする。又、目玉焼がのせられた大盛の焼きそばを合算で支払った金額の割合で分けて食べたりもする。これには付いていけない聡一が好んだのは水飴になる。二十円を出すと、水飴の一斗缶の前に椅子に座った太った男が赤い発疹の目立つ手で割り箸を使い、水飴をすくい出し垂れて行く分をクルリと巻き戻しコチラに手渡してくる。発疹の手が気になるが、受け取った割り箸を何度も回し水飴を練り込むと透明色が白くなるのを楕円球に整え口に入れ易くする。又、友達が買ったリンゴ飴の平らな部分をかじらせて貰い頬張ると、非日常的な甘露に酔いしれ、一層お祭り気分になれた。

そんな日に限って父の仕事が遅くなり、お祭りに行っていることを電話で連絡を受けた叔母の恵理子が心配し懐中電灯を照らしてお寺のすぐ近くに迎えに来ているのが周りの友達には恥ずかしく、お祭り気分がショボむ。

聡一の心を満足させ頭を活性化してくれるのは読書になる。祖父に買ってもらった岩波書店出版の『広辞苑』で意味が解らない漢字を調べながら丁寧に読み進めて行く。すると、理解できた内容を参考にして自分なりの新しい表現が湧いてくる。一瞬想像する場面をノートに書きつけるようになった。そんな事は周りには知られていない。

ある日、こんなことがあった。聡一が友達と遊ぶのに、何とか付いて行ける秘密の場所がある。そこには直系五メートル、深さ一・五メートルくらいの丸い穴が、なぜか掘られている。春先の降雨が数日続くと、周囲の林から粘土質の土地を介して集まって来る赤みがかった茶色の水で満杯になるので通称「赤ドロ池」と呼んでいる。ニョロニョロと浮かんでいるカエルの卵を木の枝で引き上げ騒ぎ立てる男の子の遊びに興じる。

そんな最中、聡一は足元に転がっている握りこぶしの五倍くらいの石を池の真ん中に投げ入れたとしたら、泥水の跳ね返りの高さや広がりはどのくらいになるのかと好奇心が湧いた。もしかして、しぶきが友達に襲い掛かってくるかもしれないという悪戯心に取り付かれる。いよいよ投げ込んだが、石と共に自分の体も池の真ん中に飛び込んで行った。周りはたじろいだがアップアップともがいて岸に戻ろうとしている聡一の手をとって、すぐさま引き上げてくれた。ズブ濡れになった様子を失笑されると思いきや、友達は傍若無人の野蛮な出来事に恐れ入る。

なぜ、石と一緒にズブ濡れになったのか?

体力的に及ばない聡一の渾身のアピールではなく、石を拾おうとした時には周囲の遊びの奇声は遠のき、視覚は狭まりドブ池しか見えていなかった。

地球の引力に従って落ちるのではなく、投げ込んだ石の勢いで宙に浮いて空に舞い上がろうとしたかったのが聡一の行動の真意であった。

聡一は夢想の集大成となる、就寝の時にうっすらと見る夢の続きを著作したくなった。ワクワクする『八十日間世界一周』のように。

その夢は決まって天空が自分だけに降りてくる。舞い降りてきた天空は裂け目をつくり自分を包み込む。夢はここで終わり、ゆったりとした気分に浸れ、すなおに眠ってしまう。

著書にしようと思えば、その先を知らなければならない。包み込まれ快感に満たされる夢の先を見なければならない。

あの石投げ作戦はどうだろうか。それなら消えて行く夢の先へ自分を連れて行ってくれるかも知れない。ある夜、野球の軟式ボールを右手に握って寝てみることにした。すると毎日見ていた肝心の夢を見ることができず、なかなか寝付けない。数日続けたが同じく失敗に終わりボールは机の奥下に転がって行ったままになっている。諦めて作戦を止めた途端に夢は再開しぐっすり寝ることが出来るようになった。

とうとう我慢しきれずに父・雄介に毎日体に感じる夢の事を語った。父の返事はこうだ。「うらやましいなー。そんな夢は大事にするといいよ」

納得できる答えが欲しくて、「お父さんが見ない夢を僕だけが見るの?」と問いただすと、雄介はすんなりと答えた。「誰かが天空を装い、聡一に会いに来ているのかな」誰かって誰だろうと思案する顔になった聡一に「ボールなんか投げちゃダメだよ」と笑いながら忠告した。父に話して少しは気が晴れ安堵できた。父は毎週末の仏壇の手入れを怠らない。だから埃ひとつなく黒の漆喰はピカピカ、仏具も綺麗なままを保ち、お供えのお水・果物・和菓子は新鮮である。

早朝、父が自室の窓から空に向かって三十秒ほど掛けて瞑想し、かすかに声を発している様子を見かけた聡一は心の中で弾ける声を上げた。「ああ、そうか！わかった。お父さんは目を閉じて誰かとお話ししているんだ」「僕が見る夢をうらやましいと言っておきながら自分もできているじゃないか」「お話ししている相手は誰なのかな?」「決まっているよ。お母さんだ!」

その夜に早速、「お父さん、教えてね。朝のお祈りの時、誰と会っているの?」と準強制的に答えを迫った。父は真顔で「誰にも会っていないよ。唯々、天の神様におまえを見守ってほしいとお願いしているんだ」と肩透かしをくらった。しかし次の返事には身を乗り出す。「お母さんに会っていると思っていたのかい。お母さんの事は想わないようにしているんだ」

父の返事は嘘ではないようだ。祖父の家のように死んだ人の遺影がない。

二年くらい前に、友達三人と自分の家でかくれんぼをしたことがあった。その時、滅多に使わない客間に忍び込み隠れることができそうな場所を探すと、壁と同色の観音開きの扉が目に入った。恐る恐る開けてみると、いきなり苦手な防虫剤の匂いが発散して来てむせいだ。目をシバたかせて見ると中は棚段になっていて、十数冊のアルバムとカメラ、登紀子遺品、聡一幼児服と書かれた箱や段ボールが整理され二十個ほどがびっしりと置かれている。隠れる余地は無いので扉を元に戻した途端に、かくれんぼの鬼に見つかった。

雄介が家をあける時間が長い時には、聡一は一人であの戸棚に向かい合うようになった。

まず、カメラの後ろの順番が付されているアルバムを開く。写真は遊園地をデートしている時の登紀子がポーズをとり微笑んでいるものから始まる。父母の二人が冬用の厚手の服装で特に母がスカーフを頭に被っている写真に心ひかれるが、不思議に照れてしまいページを進める。五冊目からは自分が赤ちゃんで目が開いていない頃からの成長の記録が中心になっている。家の四畳半で日差しを浴びながら、自分の両脇を抱えて正面を向かせ白い歯を出し目尻を緩め見つめている下着姿の父の写真がピカ一になる。長かった入院生活を撮影した中では、自分と顔を寄せ合い母がピースしている写真が頭に焼き付く。

父はこの戸棚に過去の全てを封印しているのだ。この封印をする父の気持を確認したかった。「客間の戸棚の写真見たよ。全部見るのに時間かかったけど、嬉しかった」それを聞いた雄介は「記録を見せる機会になって良かった。喜んでくれて安心したよ」「じゃあ、封印することに意味はないね」

しばらくの沈黙が続いたが、

「封印しているのは自分自身のためなんだ。蘇ってくる記憶を自分から遠ざけようと、記録を仕舞い込んでおきたいんだ」

「自分のため？」とポツリと聞き返した。

お父さんの代弁をすれば、写真の中のお母さんに会うのを避けているのは事実です。なぜなら、パパは弱い人だからです。写真を見ると涙が止めどなく溢れ出ます。パパはママを想い出すと涙枯れるまで泣き、体力が消耗し全身が硬直して何もできなくなります。それではダメになるので封印することにしました。

④童話の語り部達

一番しんどい所を雄介と語り合ったことが功を奏したのか、さしたる反抗期もなく小さな恋に純粋に向かい合うようになった。小学校六年から中学一年の間、学友の椎名ちゃんとの交換ノートの虜になる。学校帰りも伴にするが、杖をつく歩行なので左右のバランスがとれず椎名ちゃんとの歩調が合わないのが辛い。気を使ってくれる椎名ちゃんは先導して川原の小さなベンチに座り青空と浮かぶ雲を二人でのんびり眺めていた。椎名ちゃんは大人びた容姿で皆からの注目を浴びる。聡一とは雲泥の差がある。

椎名ちゃんのお母さんは日曜日に小中学生達を自宅に呼び集め休日のくつろぎの場として開放している。椎名ちゃんから「母が童話作家である」ことも聞かされていて、椎名ちゃん家の私設の図書室には三千冊の童話本が置いてあり親子が過ごせるように受け入れ体制が整っている。

小説・歴史もの・旅行記・冒険記録の読破に明け暮れていた聡一の志向を一変させた。

月に一回、童話会が開かれ、そのスタート十分前には、洗面所で手洗い、うがい、洗顔、特に鼻だしをするのが鉄則である。本を大事に取り扱う習慣を身に付けさせる。

その時分の公営図書館では、本の汚れがひどいものが多々あり、鼻クソが全ページに付着（ご病気の方によるものか）しているものもあった。


子供達は椎名ちゃんのママに、「シーナおばさん！　いつもありがとう」と声を掛けると、「クリスマス会を計画するから、知恵を貸してね」と対等の関係を保っている。クリスマス当日のスケジュールはこうである。

朝十時には待ちわびた親子の行列ができ、クッキー二枚と子供にはホットミルク、大人にはコーヒーが出される。午前中の子供達の役割は一年間お世話になった本の整理と分類番号のラベルの貼り替えになる。その間に主婦連がたっぷり野菜のカレーを煮込んでいて腹を空かしている子供が楽しみにしている。これが絶うまカレーで、お目当てにしてありつこうとするオジサン連中が増えているようだ。午後からは三名の朗読者による童話作品発表がおこなわれる。自作した童話を絵や人による演技を交えながら朗読する。その作品は卓越しており、地元のテレビ局が毎年取材に来るぐらいの評価を得ている。

百人以上の観客を前にして、発表会が開始された。聡一の順番は最後になる。

最初の小学一年女子の物語は、夏休みに川辺で見つけたカニの片方のハサミが大きく不細工に見えることから始まる。獰猛で威嚇的に歩き回る様は周りの川の仲間からは評判が悪い。がしかし、大きな台風による河川氾濫の時に大きなハサミの腕力で皆を救助してくれた。その偉功は代々受け継がれ、日頃からトレーニングを怠らない。ボディビルダーのポーズをとっているカニのイラストが面白い。

次の小学三年男子の物語は、山上に残っている洋館に住む怪人についてである。この年頃の子供は仲間意識が強くなり、ヤバいことに興味を持ち始める。怪人の目はギョロリとしていて、わざわざ何か気に入らないものを探し出そうとしているのか、キョロキョロ周りを見回している。見つかったら罵声を浴びせられるようで危険だ。決まって毎週土曜日には昼二時から夕六時まで襟の高い古びたコートの出で立ちで姿を消すことがわかった。

少年探偵団五名はその隙を狙って館の錆びついた門を開け庭に忍び込んだ。窓際まで進みガラス越しに中をうかがう。雑木林をかすめ僅かに届く陽に映し出される真黒な家具が配置されている。納屋があり扉を開くとリヤカーに載せられた麻袋の中で大量の何かが蠢いていて気味が悪い。強烈な悪臭に襲われ仲間全員が嘔吐を繰り返しながら山を駆け下りた。

怪人の名は藤吉郎という。早くに母親が病死、父親は乃木大将に従軍し大陸で戦死した。孤児となり千駄ヶ谷を根城として日々を送っていたが、植木職人に拾われ住み込みで仕事をするようになった。そして八年の修行を終え洋館の広大な敷地の職場長になる。山の上の洋館の社交・娯楽・レストラン等の施設は昭和初期には繁栄を極めていた。昭和期の一大事に及んで軍部・経済界の重鎮がここに参集し進退ならぬ情勢を顧みず国体維持に突き進んで行く決断をして行くのを洋館は見続けてきた。政府・軍部は進むべき方向を見誤り、国民からむしり取った原資も枯渇し全面降伏に朽ち果てていく。そんなさ中、用が無くなった洋館の閉館式がおこなわれた。社長は「無念ではありますが建物は放置され黙して見通しの立たない再建を待ちます。一方で人工物ではない敷地の広大な自然は成長を遂げて行くでしょう。将来には自然と人間との融和が見られ、過去に類を見ない世界が訪れます」と言うのを真面目に受け止めた藤吉郎は、会社が閉鎖してからも自分が精魂尽くし仕上げた景観を損なわないよう、世間に目立たぬように職人の手を振るい続けていた。

洋館から逃げ出した五名の少年探偵団が山を下る時に、最後尾の一人が木の根に足を取られ、かなりの勢いで転倒し動けなくなっているところを、山を登って来た藤吉郎が治療してくれ、おぶって山を降りてくれた。それ以来、藤吉郎と交流を持ち始める。納屋の麻袋の中身は藤吉郎が養殖したミミズで農地の土壌改良に役立つ。ミミズを売買した金を山林管理費に充てていたのだ。これらの功績を作文にしたものが市の生活課に認められ、藤吉郎は市民栄誉賞を受賞した。過去の苦心とやり終えたホッとした気持ちが波を打ち九十五歳の魂は少年達に見守られ天に昇って行った。

いよいよ小学六年生を代表し、雄介に車椅子を押されて聡一が壇上に向かった。聡一は白血病に改善が見られず別の治療法に取り組んでいるが、周囲の応援でこの日を迎えることができた。祖母が編み上げた白いセーターの胸に付けられた歳末助け合い募金の赤い羽根から幼い血潮がほとばしる。

作家・演出家になる聡一はアナウンス役で全体の流れをつくり、演技とセリフを図書仲間にお願いしている公演は幕開けした。

その夢は決まって天空が自分だけに降りてくる。舞い降りてきた天空は裂け目をつくり、自分を包み込む。夢はここで終わり、ゆったりとした気分に浸れ、すなおに眠ってしまう。天空は黒い幕でつくられ裂け目は赤く立体感が盛り込まれている。

童話演劇の主人公の男の子役は、体型や髪型が似ている悟士（さとし）にお願いした。

無邪気な性格なので自然な良い演技になっている。

包み込む天空に無抵抗に身を委ねていたが、絶好のチャンスが訪れる。子供の成長に合わせて裂け目の大きさを調整している天空の裁縫師ローズは、聡一用の裂け目を大きくし過ぎてしまった。行きつけの「スナック天女」からの帰りが遅い旦那ジェフの事が心配で手元が狂っていたことに気付いていない。そこへ聡一が裂け目をポコンとすり抜けてきた。


聡一にとっては願ったり叶ったりで、すぐに地上に帰される訳にはいかない。太った体型のローズは足元にいる聡一に目が行き届かない。ドアがあるのを見つけた。半開きになっているので音を立てずに外に出られる。ローズは走る子供を横目で一瞬見定めたが、勇敢に駆け抜ける姿に、この先なにが起ころうと立ち向かえるだろうと直感し見逃すことにした。


ドアの向こうでは、怪しい風貌の男がコチラをジッと見つめている。久方振りに人に出会えた感激に浸っているようだ。

燕尾服にシルクハット、片手に杖を突いている出で立ちで鼻が異常に尖っている。「吾輩は天下一の伊達男」と言いたげな貫録を変に出そうとしている。

お互い自己紹介することなく、伊達男が杖をクルリと回すと子供用のトランペットに変化させ、「パンパカ、パーン」と吹き鳴らした。

「待っていたよ、クイズを温めておいたよ。では早速始めよう。三問出すから二問正解すれば、天空の案内人マーキンスを紹介するよ」と、いきなり絡んできた。

「それでは第一問、吾輩はものしり博士である。又の名を何というか？」

聡一が、「天空の案内人マーキンス」とアッサリ返すと、「小僧なかなか、やりよるわい」と悔しがった。杖をトランペットに変えたんだから、ものしり博士も天空の案内人になりえる。バレバレのクイズだ。

「第二問、おまえは地球の子になるが、他の宇宙の子と異なるところはどこだ？」と切り出した。これも又「お父さんとお母さんがいることだよ！」とすばやく切り返すと、伊達男は負けを認めた。二問連続正解で願いは叶う。

伊達男はは尖った鼻を抜き取ると本来の若々しいマーキンスに変身した。グレーのスポーツシャツの胸にはM字のロゴマークがあしらわれている。いつの間にか聡一のパジャマ姿の背中にはマーキンスと同じマントがはためいている。マーキンスにマントの使い方を教わると、不自由にしてきた全身が解き放たれ、浮上・発進・加速・減速・着地、全ての空中遊戯を次々に決めた。マーキンスは飛行を楽しめているセンスの良さを認めると、「天空一の大草原に行ってみよう。そこには聡一と同じ年頃の羊飼いの少年がいて作詞し詠ってるんだ」「へェー！　一人で歌を作っているのか。友達になれるかな？」

ちなみに用意されていた第三問を尋ねると「今から変身するが、シャツのロゴマークは何だ?」とのこと。単純な憎めない男だ。尖った鼻を抜いた時に痛かったのか、涙目になっていた。笑える。

大草原に到る途中にピンク色のお城があって、そこに寄ることにした。お城には金色の鎧兜をまとったロボットがぎこちなく動き回っているが、見るからに未熟な戦闘能力で実戦経験はなさそうだ。赤い服の近衛兵の前に立っているのは、巻き髭の先端をピンと立てた執事の男「リチャード」。正面の玉座におさまっているのは「お姫様カタリーナ」で、恋焦がれている相手は大草原に住む「羊飼いのリッキー」になる。お城での晩餐会はウサギの肉料理がメインで、聡一は初めて味わったが真向かいのリッキーの食べっぷりに合わせて豪快に頂いた。

地球からの突然の来訪者聡一はテラスに立ち、未だかつて人類が到達したことがない立ち位置から無数の銀河に溢れた大パノラマを展望できている。その一つに地球を含む太陽系をその一部とするミルキィウェイギャラクシー（天の川銀河）が渦巻き輝いている。

翌日はうっすらと流れる雲のもと陽だるまに覆われ、そよ風が大草原を滑らかに揺るがす。山脈に囲まれた草原の中央に小さく盛られた台地があり、リッキーはそこで美声を発し歌を奏でる。お姫様カタリーナはうっとりとなり、感激のあまり涙が目に溢れ出している。

詩の内容は、

「わたしは、自分の過去を記憶していない。
今を考える事もしない。
今を感じているだけだ。
感じるものは、わたしを包んでくれる柔らかさ。
その柔らかさは、温かさを与えてくれる。
目を開ける必要はない。
いつから、どこから来て、ここにいるのだろう。
それがどうであれ、淋しくはない。
感じられるものは、いつも近くにいる。
近くにいることを、わたしは感じる。」

リッキーの歌で聡一の気持ちが高ぶった瞬間、地球の聡一は目を覚ました。聡一は今見ていたことを確認したくて目を閉じたがリッキーは現れなかった。

ここで公演の幕は閉じられた。

⑤解き放たれた時

童話の夢の登場人物のことが分かってきた。

天空の裁縫師ローズは、祖母の「繁子」で、まさに同じく裁縫が得意で聡一の衣服のほとんどを仕立て上げる。少しの悪さは見逃してくれ、むしろ二人だけの秘密として勘弁してくれる。

天空の案内人マーキンスは、野球チーム名の頭文字がMのグレーのユニフォーム姿の憧れの的「俊太」である。走れない聡一にとって走塁する俊太は空を飛んでいるように思えた。

お姫様カタリーナは、同級生の「椎名ちゃん」になる。交換しているノートの文通の始まりは、椎名ちゃんの母親からの発案で父雄介は有難くお受けした。

それを知らずに聡一は、いきなり椎名からノートを受け取った。浮かれたが周囲の友達には黙っていた。人気者の椎名が自分を思って丁寧な文章を返してくれる幸せを誰にも横取りされたくなかった。椎名との相思相愛の証と決め込むほど熱中する。

それでは、大草原の羊飼いリッキーは誰が源流なのか。もしかして、あり得ることは聡一本人になるのか。あれからリッキーには会えないが自分と別人では、あの童話はつくれない。そうだ！　リッキーは当の自分になる。
聡一はリッキーとカタリーナの二人の行く末の幸せを祈った。

⑥再び夢想の世界

翌年の三学期に聡一の体に未だかつてない異変が生じようとしていた。足先から背中にかけて脳天を貫く疼痛に見舞われ、肢体は硬直し動かせない。時間になっても起きてこない事を心配して雄介は子供部屋に入ったが、そこには布団を被っている息子がしんどそうに息を切らしている。いつも枕元には書き足しができるようにペンと交換ノートが一緒に置いているはずだが、布団を少しずらして様子をうかがうとペンが握りしめられノートが胸に抱きかかえられている。「椎名ちゃんと別れたくない」強い息子の意志を感じとった。

救急車が駆け付け病院の担当医・看護婦達の懸命の延命処置の結果、何とか息を吹き返してくれた。天空の柔らかい割れ目は地上に息子を帰してくれたのだ。しかし、それは長くは続かなかった。夢の登場人物達が病室に集まってくれている。生死を漂っているように見える聡一に語りかけるが、聡一の脳は「あの柔らかさ」を再び感じ取っていた。

雄介は息子の手を両手で握りしめ続けている。亡くなる寸前の力ない弱々しい妻登紀子の手を握っていた両手になる。そして再び、この両手で息子の手を取ることになろうとは。離れさせまいとしている聡一の手の五本の指が、小指から順番にピクリと動き離れていく。最後の親指に通う血が失われる寸前に、周りの雰囲気を消し去り登紀子が目前に現れ、「雄ちゃん、ありがとう。もういいよ」と優しくねぎらってくれる。絶望の暗黒先に光が射した。

安堵の気持ちに包まれ、握っていた息子の手をそのまま登紀子に引き渡した、その瞬間、か細い声が耳に残った。「おとうさん、おかあさん、ありがとう」

聡一は草原に立っている。椎名にも会えている。なにも失ってはいない。

〈著者紹介〉
又木義人（またき よしと）
小説家の下村湖人著『次郎物語』や山本有三著『路傍の石』など、少年主人公のひたむきな姿を描き出す不朽の名作群に惹き込まれ夢中になっていた。これに起首雷同し、拙者も愚書を書き連れている。前著『心で、つなぐ命』、次著『朋友の鎮魂歌』（ともに幻冬舎メディアコンサルティング）の出版を予定しています。

お空（そら）の雲（くも）になる

2024年2月11日　第1刷発行

著　者　　又木義人
発行人　　久保田貴幸

発行元　　株式会社 幻冬舎メディアコンサルティング
〒151-0051　東京都渋谷区千駄ヶ谷4-9-7
電話　03-5411-6440（編集）

発売元　　株式会社 幻冬舎
〒151-0051　東京都渋谷区千駄ヶ谷4-9-7
電話　03-5411-6222（営業）

印刷・製本　中央精版印刷株式会社
装　丁　　野口 萌

検印廃止

ISBN 978-4-344-94635-4 C0093
幻冬舎メディアコンサルティングＨＰ
https://www.gentosha-mc.com/